青年总是年青的,只有老年才会变老。

——杰克·伦敦

大作家讲的小故事

隐身试验

[美] 杰克·伦敦 著
蒋坚松 译

图书在版编目(CIP)数据

隐身试验/(美)伦敦(London,J.)著；蒋坚松译. —北京：北京大学出版社，2014.8
（大作家讲的小故事）
ISBN 978-7-301-21798-6

Ⅰ.①隐…　Ⅱ.①伦…②蒋…　Ⅲ.①短篇小说-小说集-美国-近代　Ⅳ.①I712.44

中国版本图书馆 CIP 数据核字(2012)第 304673 号

书　　　　名：	隐身试验
著作责任者：	[美]杰克·伦敦　著　蒋坚松　译
点评文字撰稿：	王水芬
丛 书 策 划：	邹艳霞
责 任 编 辑：	邹艳霞
标 准 书 号：	ISBN 978-7-301-21798-6/Ⅰ·2572
出 版 发 行：	北京大学出版社
地　　　 址：	北京市海淀区成府路 205 号　100871
网　　　 址：	http://www.pup.cn　新浪官方微博：@北京大学出版社
电 子 信 箱：	zyl@pup.pku.edu.cn
电　　　 话：	邮购部 62752015　发行部 62750672　编辑部 62767346
	出版部 62754962
印 刷 者：	三河市博文印刷有限公司
经 销 者：	新华书店
	650 毫米×980 毫米　16 开本　12.75 印张　150 千字
	2014 年 8 月第 1 版　2014 年 8 月第 1 次印刷
定　　　 价：	28.00 元

未经许可，不得以任何方式复制或抄袭本书之部分或全部内容。
版权所有，侵权必究
举报电话：010-62752024　电子信箱：fd@pup.pku.edu.cn

目 录
Contents

隐身试验 1

雪野寂寂 21

生之恋 35

飓风扫过环礁岛 59

叛逆 87

一块牛排 111

"棕狼" 133

黄金谷 153

夜袭蚝帮 175

基希的传说 189

隐身试验

● *带着问题读一读,你会收获更多* ●

1. 文章中两次提到仆人加夫·贝德硕发了疯,这样写的目的是什么?
2. 对于两位主人公之间的竞争,你赞同吗?联系自己的学习和生活,想想看,怎样的竞争才会真正有助于自己的成长?

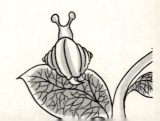

大作家讲的小故事

现在回想起来，我才发现那是一种多么奇特的友谊。首先是劳埃德·英沃德，个子高挑，体格健美，容易激动，皮肤黝黑。其次是保罗·蒂奇洛恩，个子高挑，体格健美，容易激动，白肤金发。除了肤色，两人像一个模子倒出来的一样。劳埃德的眼睛是黑溜溜的，保罗的眼睛是蓝湛湛的。一激动起来，劳埃德的脸就急成橄榄绿，保罗的脸就涨成玫瑰红。两人的弦都绷得很紧，总是紧张兮兮，咬牙硬撑，而且健康状况极佳。

但是这种不同凡响的友谊还牵涉到第三个人。这个第三者可又矮又胖，敦敦实实，懒惰成性。说出来不好意思，此人就是我。保罗和劳埃德似乎生来就注定要争个你死我活，而我则好像注定要当他们的和事佬。我们三人一块长大，他俩互相愤怒挥拳，我可没少挨他们的拳头。他们老是要争个高下，老是拼命要超过对方。每当陷入这种竞争时，两人都会不惜工本，毫无克制。

这种强烈的竞争意识在他们的学习和游戏中无处不在。如果保罗能记熟《玛米恩》①的一章，劳埃德就要记熟两章，而保罗回过头来就背它三章，劳埃德不甘示弱就背它四章，直到两人都能一字不漏背出全诗为止。我还记得发生在游泳场的一件事——这件可悲的事反映了他俩之间那种有我无你的竞争。那时男孩子们喜欢玩一种游戏，就是潜到一眼十呎深的水塘的塘底，抓住淹没在水里的树根，看谁在水里待的时间长。大伙你一言我一语地取笑保罗和劳埃德，两人一急之下同时钻到水中。他俩飞快沉入水里，两张脸随之消失。我一看到那两张绷得紧紧的、蛮横的脸，就预感到要发生什么可怕的事。时间一分一秒地过去，水圈儿慢慢消失，塘面上微波不兴，一片平静。既看不到黑发的脑

---

①苏格兰小说家、诗人司各特（Walter Scott, 1771—1832）所写的著名长诗。

袋也看不到金发的脑袋冒出水面换气。我们在上面的人都担起心来。已经超过气憋得最久的男孩创造的待在水里时间最长的纪录，可还没有上来的任何迹象。水里慢慢地升起一串串的气泡，说明他们已经呼出肺里的空气。随后一串串的气泡也没有了。每一秒钟都是那么难挨。我越来越害怕，终于无法忍受，于是一头钻进水里。

我发现他们沉在水底，用手紧紧地抓住树根，两个脑袋相隔不到一呎，眼睛瞪得大大的，死死盯住对方。两人都在经受可怕的折磨，因为憋着气而痛苦地扭动、挣扎，谁也不愿意松手，承认自己已被斗败。我想把保罗抓住树根的手拉开，可他对我又凶又狠，不肯松手。后来我透不过气来了，只好丢魂失魄地浮出水面。我三言两语说明了情况，五六个人慌忙潜入水里，花了九牛二虎之力才把他们拉开。等到大家把他们拖上岸时，两人都已经不省人事。于是又是放在大木桶里滚，又是使劲揉，又是拼命捶，总算把他们救了过来。那一回要是没有人去搭救，他们就会淹死在那里。

上大学前，保罗·蒂奇洛恩到处放出风声，说自己将专攻社会科学。劳埃德和他同时上的大学，也选择了同样的道路。可是保罗暗地里一直打算学自然科学，专攻化学，因此临时又改了过来。劳埃德这时已经选好了第一年的课程，而且已经听了头几次课。他马上亦步亦趋，也改学自然科学，而且特别选修化学。

他们的互不服输很快就闻名全校。他们彼此是一种激励，两人对化学钻研之深，超过历届学生——事实上，他们还没有毕业，学问就深到能难倒大学里的化学教授和"牛马"教授[①]，只有系主任

[①] 即"cow-college" professor。"cow-college"，在美国俚语中指农学院。

大作家讲的小故事

"老"莫斯除外。但即使是"老"莫斯，他们也不止一次难住过，或者使他受到过启发。劳埃德发现了鲛鳙的"死亡杆菌"，使他自己和他所在的大学闻名世界；保罗也毫不逊色，因为他成功地在实验室里制出了能表现出与阿米巴活性相似的胶体，还用简单的氯化钠和镁溶液在低等海洋生物上进行了惊人的试验，进一步揭示了受精过程的秘密。

就是在他们读大学的日子里，正当他们埋头研究有机化学奥秘的时候，多丽丝·范·本硕顿闯入了他们的生活。劳埃德首先认识她；保罗只争朝夕，不到二十四小时也和她搭上了。不用说，他俩同时爱上了她，她成了生活的唯一慰藉。他们追她追得你死我活。这场情场决斗愈演愈烈，到后来有一半学生都为最终会鹿死谁手而打起赌来。就连"老"莫斯也卷入了这场游戏。一天，保罗在他的私人实验室惊心动魄地剖白了一番心迹，害得"老"莫斯拿出一个月的薪水来打赌，说多丽丝·范·本硕顿一定会非保罗莫属。

最后还是多丽丝以自己的方式解决了这个难题，其结果除了保罗和劳埃德之外，众人皆大欢喜。她把两人叫到一起，对他们说她爱他们爱得一样深，因此没法在他俩之间作出选择，美国又不允许一妻多夫，鉴于这一不幸的事实，她无福消受他们中间任何一人，只好忍痛割爱。事后两人都为这一可悲的结局互相指责对方，两人的结怨更深了。

事情很快就到了摊牌的程度。这最后一幕是在我家里开的头。当时他们已经拿到文凭，不再在社交界露面。两人都颇有家产，既不想也没有必要去找份工作。只有我的友谊和他们彼此之间的仇恨把我们联系在一起。他们虽然经常到我家来，但煞费苦心地避免在这种串门中遇到对方。当然，既然来得勤，两人偶然碰上一两次也

大作家讲的小故事

就难免。

我记得，那一天整个上午保罗·蒂奇洛恩一直在我的书房里，翻阅一本新到的科学评论杂志消磨时间。这一来我就有了工夫去干自己的事。我正在外面收拾蔷薇，忽然劳埃德·英沃德来了。我口里咬着钉子，又是修剪枝叶，又是把藤蔓固定在门廊上。劳埃德跟着我转，不时还帮上一把。我们一边忙活着，一边讨论起神话中的隐身族来。那是一个奇怪的流浪民族，有关他们的传说一直流传至今。劳埃德谈上了瘾，像往常一样变得兴奋，说话也不那么连贯起来。很快他就谈起了隐身的物理特性及可能性等问题。他的观点是，一个绝对黑的物体，能够逃脱最敏锐的视觉。

"颜色是一种感觉。"他说，"它没有客观实体。没有光，我们既不可能看到颜色，也不可能看到物体本身。在黑暗中，所有的物体都是黑的，在黑暗中就没法看清这些物体。如果没有光线照到它们身上，也就不会有光线从它们身上反射到我们眼睛里，我们也就没有证明它们存在的视觉根据。"

"可我们在白天能看见黑的物体。"我表示了不同的看法。

"一点不错。"他情绪激动地说，"那是因为这些物体并不绝对地黑。假如它们是绝对地黑，黑得彻底，我们就没法看到它们——对，哪怕有一千个太阳大放光明，我们也没法看到这些物体！所以我说，只要选用合适的颜料，进行适当的配方，就能制造出一种绝对的黑漆，这种漆不管漆到什么上面，都会使人没法看见它。"

"这可是一个了不起的发明。"我搭讪说。我总觉得这档子事似乎太离谱，除非是为了钻钻牛角尖，否则毫无意义。

"了不起！"劳埃德一拍我的肩膀，"算你说着了。咳，老伙

计，我只要涂上一层这样的漆，全世界就都不在话下。国王和宫廷的秘密都在我的手心里，还有什么外交官和政治家的阴谋策划、股票投机者的花招、托拉斯和公司的诡计，都别想瞒过我。我可以摸准一切事物最细微的脉搏，我将成为全世界的主宰。而且我——"他突然停住，然后又加上一句，"唔，我已经开始试验，我还不妨告诉你已经有了眉目。"

门口有人哈哈大笑，我们大吃一惊。原来是保罗·蒂奇洛恩站在那里，嘴角挂着一丝嘲笑。

"你忘了一件事，我亲爱的劳埃德。"他说。

"忘了什么？"

"你忘了，"保罗继续说，"嗯，你忘了有影子。"

我看到劳埃德的脸一沉，不过他又讥讽说："你知道我可以撑把阳伞。"接着他突然恶狠狠地教训起他来："保罗，你听着，你要是不想寻倒霉，就少管闲事。"

形势一触即发，这时保罗宽容地哈哈一笑："我才不想去管你那些臭颜料呢。哪怕你试验的结果好到天上，你还是会碰到要出现影子这个难题。你没法回避这个难题。至于我，我要走一条截然相反的路。我所提出的命题，其本质就是要消除影子——"

"透明！"劳埃德突然喊道，"可这是办不到的。"

"哦，对，当然办不到。"保罗耸了耸肩膀，就顺着蔷薇小径走了。

这才开了个头。两人都带着他们那种众所周知的无穷精力，带着深仇大恨去攻关，这种深仇大恨使我为他们中间任何一个的可能成功而胆战心惊。两个人都极端信任我，在随后好多个星期的漫长的试验期间，两边都对我毫无保留，都向我介绍他们的经验，演示他们的试验。我呢，也绝不把某一方的进展向另一方做一丁点儿透

大作家讲的小故事

露或暗示,他们也因为我守口如瓶而尊重我。

劳埃德·英沃德每当经过一段长时间不间断的拼命工作,身体和精神都因为过度紧张而无法承受时,往往用一种奇怪的方式来放松一下,那就是去看拳击比赛。有一次他硬拖着我去看这种野蛮的表演,好给我介绍他最新的成果。就是这次看比赛时,他的理论得到了惊人的证实。

"你看到那个留一副红连腮胡子的人了吗?"他指着场子对面第五层座位问道,"还有,你还看到他旁边那个戴白帽子的人了吗?哎,他们中间有相当大的距离,是不是?"

"当然。"我回答道,"他们隔着一个位子。这个距离就是那个空着的位子。"

他向我俯过身,认真地说开了:"留红连腮胡子的人和戴白帽子的人中间坐着本·沃森。我曾经跟你提起过他。在他那个级别里,他是全国最机灵的拳击手。他是个加勒比纯种黑人,是全美国肤色最黑的人。他穿了一件扣得整整齐齐的黑外套。我亲眼看见他进来,坐在那个位子上。可他一坐下人就没啦。你仔细瞧,他说不定会笑一下。"

我说要走过去证实一下他的说法,但是他阻止了我。"等一等。"他说。

我睁大眼睛等待着,后来看到留红连腮胡子的人侧过头,像是对那个空位子说话。紧接着,在那一块空的地方出现了一双眼睛翻动的眼白和两排弧形的白牙,在那一瞬间我辨出了一张黑人的脸。但笑容一消失,人也就看不见了,那张椅子又和先前一样好像是空的。

"如果他是绝对地黑,那么你就是坐在他身边也看不见他。"劳埃德说。我得承认那天的实例很说明问题,我都有点快相信了。

那次以后我又到劳埃德的实验室去了几次,每次去都看见他在全神贯注地研究绝对的黑色。他的实验要用各种各样的颜料,像灯黑、柏油、植物碳、油脂的烟,以及形形色色的碳化的动物物质。

"白色光由七种原色组成,"他向我阐述他的观点,"但它自身是不可见的。只有当它被物体反射,它自己和反射它的物体才变得可见。变得可见的也只是被反射的那一部分。比如,这里有一个蓝色的烟盒。白色光照到它上面,除了一种颜色,所有组成它的各种颜色——紫色、靛蓝色、绿色、黄色、橙色、红色——都被吸收了。这留下的一种颜色就是蓝色。蓝色没有被吸收,而是被反射出来。所以这个烟盒才给我们一种蓝色的视觉。我们看不见其他的颜色,因为它们全被吸收了。我们只看见蓝色。同样的道理,草才是绿色。因为白色光里面的绿波被反射到我们眼里。"

"我们粉刷房子并不是给房子涂上颜色。"有一次他又说,"我们做的实际上是涂上某些物质,这些物质有一种特性,它们能吸收白色光里面的各种不同颜色,只留下其中一种,从而使房子呈现我们想要的颜色。如果某种物质把所有的颜色同时反映到我们眼里,它看起来就是白色。如果它吸收了所有的颜色,它就是黑色。不过,正像我以前说过的,我们还没有找到绝对的黑色,因为不能把每一点颜色都吸收。绝对的黑色,只要不用强光去照射,就是完全、彻底不可见的。比如,你瞧瞧这个。"

"这个,"他加重语气说,"要算是最黑的黑色了,不但你没有见过,就是任何别的人也没有见过。可是你等着瞧,我要造出一种黑色,它要黑到没有一个人能够去看它——而且看

大作家讲的小故事

见它！"

在另外那一边，我却常常发现保罗·蒂奇洛恩在潜心研究光偏振、衍射、干扰，单、双折射，以及形形色色的古里古怪的有机化合物。

"透明是物体允许所有光线通过的一种状态或性质。"他对我解释说，"这就是我现在研究的课题。劳埃德搞完全不透光的材料，却没有想到会留下影子，他就栽在这上头。我解决了这个难题。一个透明物体不会留下影子，也不反射光波——我是说，如果绝对透明的话。所以，这样一个物体只要不用强光照射，不但不会留下影子，而且因为它反射不出任何光，也就不可见了。"

还有一次我俩站在窗口。保罗正忙着擦拭摆在窗台上的一些镜片。谈话中断了一会儿之后，他突然说："哦！我掉了一块镜片。老伙计，快伸出头去，看它掉在哪里。"

我把头一伸，但是额头被重重地碰了一下，疼得我直往后缩。我揉着碰青了的额头，用责备的目光不解地看着保罗。保罗像孩子一样笑得好开心。

"啊？"他说。

"啊？"我学着他的样。

"你干吗不去搞清楚一下？"他问。我于是去看到底是怎么回事。本来在我把头伸出去以前，我下意识地感觉到那里没有什么东西，在我和户外之间没有任何障碍，窗口完全是空洞洞的。而我把手伸出去，触到了一个坚硬的东西。那东西凉凉的，又平又光滑，凭经验，一摸就知道是玻璃。我又瞧了瞧，可还是一丁点儿什么也看不到。

保罗喋喋不休地往下说："白石英砂、碳酸钠、消石灰、碎玻璃、过氧化锰——就是这些原料。这是最高级的法国平板玻璃，哥贝恩公司出品。该公司生产的平板玻璃在全世界首屈一指，而这是他们生产的最好的一块。这可是价值连城啊。可你瞧，你根本看不见它！你只有头碰上了，才知道它的存在。

"哎，老伙计！刚才只是一堂直观教学课——某些本身不透明的元素，以一定的方式化合，就能得到一种透明的物体。你可能会说，这是个无机化学问题。一点不错。但是我如今站在这里敢断言一句，无机物中的一切现象我都可以在有机物中创造出来，分毫不爽。"

"你看！"他对着光举起一支试管让我瞧。我看到试管里有一种混浊灰暗的溶液。他把另一支试管里的东西倒进去，第一支试管几乎顷刻之间就变得清澈明净、晶莹闪亮了。

"你再看！"他快速地、有点神经质地在一排排试管前忙活着，一种白色溶液变成深红色，又把一种淡蓝色溶液变成深褐色。他把一条石蕊试纸丢进一种酸里，石蕊试纸立刻变成红色，然后又把试纸放入一种碱溶液，它又同样迅速地变成了蓝色。

"石蕊试纸还是原来的石蕊试纸。"他像讲课的人一样认真地阐释道，"我并没有把它变成别的什么东西。那么我做了什么？我是改变了它的分子排列。开始试纸能吸收白色光中除了红色以外的所有其他颜色，而现在试纸的分子结构发生了变化，它可以吸收红色和其他颜色，只有蓝色不能吸收。这样可以一直变下去，无穷无尽。我现在要做的事是这样的。"他停了一会，"我要寻找——而且要找到——适当的试剂，这些试剂能对活的有机体产生作用，带来和你刚才亲眼看到的类似的分子变化。这些试剂我一定要找到，我还可以告诉你，已经有了一些眉目。这些试剂不是把活的机体变成蓝色、红色、白色，而是把它变得透明。所有的光都将可以穿过它。它将是不可见的。它不会留下任何影子。"

　　几个星期以后,我跟保罗一块去打猎。一段时间以来,他一直对我说我应该带上一条神奇的狗去打打猎,好好开心一下——还断言说,谁也没有带上那么神奇的狗打过猎。他总是说得这么有根有梢,终于勾起了我的好奇心。可是临到要出发的早晨一看,我的心凉了半截,因为看不到狗在哪里。

　　"它好像不在这里。"保罗说了一句,一副无所谓的样子。我们于是向田野走去。

　　当时我根本不知道自己出了什么毛病,但是我有一种大病临头的感觉。我的神经全出了岔子,各种感官也好像在胡来,把我捉弄得莫名其妙。各种各样奇怪的声音搞得我心神不定。有时我听到什么东西从野草中掠过的沙沙声,有一次还听见什么从一处石头地面跑过的嗒嗒声。

　　"保罗,你听见什么了吗?"有一回我问道。

　　他摇了摇头,不紧不慢地只顾往前走。

　　后来,在越过一道篱笆时,我听见了一只狗低声地呜呜叫,好像很着急。那声音听来隔我不到两呎,但是往四面一看,又什么都没有。

　　我一下瘫在地上,全身软搭搭,一个劲地哆嗦。

　　"保罗。"我说,"我们最好回去。我恐怕要不行了。"

　　"别犯傻,老伙计。"他回答说,"你是叫太阳晒晕乎了,很快就会好的。这天气真盖了。"

　　可是,当我从一丛棉白杨中间的一条小路走过时,我的腿忽然被什么猛地撞了一下,我一个趔趄,险些跌倒。我忽然害怕起来,赶忙瞧着保罗。

"怎么回事?"他问道,"好好儿的自己绊倒了?"

我咬着舌头,迈着沉重的步子继续往前走。我感到莫名其妙,而且确信自己的神经害了一种古怪的急性病。到目前为止我的眼睛还是好的,可是等我们重新来到开阔的田野时,连视力也出了毛病。在我面前的小路上五彩缤纷的彩虹般的闪光时隐时现。我还是硬撑着。后来,那些五彩闪光足足持续了二十秒,不断地跳动、闪耀。这一下我全完了,一屁股跌坐到地上,浑身无力,抖个不停。

"我整个儿出了毛病。"我用双手蒙住眼睛,喘着气说,"我的眼睛也害了病。保罗,快带我回去吧。"

保罗大声笑起来,笑了很久。"我怎么给你说来着?——最神奇的狗,唵?哎,你觉得怎么样?"

他稍微转过身去,吹起了口哨。我听到了飞快跑动的声音,听到了一只跑得浑身发热的什么畜生的喘息,还听到一声明显的狗叫。这时保罗弯下腰去,好像是在空中亲切地抚摸着什么。

"来!把你的手伸过来。"

他于是抓住我的手去碰了碰一条狗冰凉的鼻子和下巴。那肯定是一条狗,有着猎犬的外形以及又短又光滑的皮毛。

简短地说吧,我很快就重新振作起精神,恢复了自制。保罗在狗脖子上带上一个颈圈,在狗尾巴上拴上一条手帕。于是在我们面前出现了一个空颈圈和一块飘动的手帕在田野里到处欢腾跳跃的奇观。忽然我们大开眼界,因为那颈圈和手帕逼住了一群鹌鹑,就这样停滞在那里,一动不动,直到我们把那群鸟轰走。

隔一会儿那条狗就发出我说过的那种五颜六色的闪光。保罗说这是他唯一没有预料到,也可能没法克服的一件事。

他说:"这些什么幻日啦彩虹啦日月晕啦,它们是一个大族。

大作家讲的小故事

它们是光折射的结果，产生这种折射的可以是矿物和冰的晶体，也可以是雾、雨、浪花，还有好多别的东西。恐怕这是创造透明不得不付出的代价。我解决了劳埃德遇到的影子的难题，没想到又栽在这种五彩闪光上面。"

两三天以后，我到保罗的实验室去。还没有进门，就闻到一股恶臭。这气味臭不可挡，所以一下就找到了它的来源——门阶上一堆腐烂的东西，从大的轮廓看是一条狗。

保罗仔细看了看我发现的这堆东西，吃了一惊。那堆东西就是他的隐身狗，更确切地说曾经是他的隐身狗，因为现在它已经清楚地显出了原形。就是几分钟以前，它还活蹦乱跳地到处玩耍。再仔细一瞧，原来它的头盖骨遭了狠狠的一击，被砸碎了。这条狗被人打死本来就很奇怪，最费解的是它居然这么快就腐烂了。

"我注进它身体的试剂是无副作用的，"保罗解释说，"但是它们性能很强。看来一旦发生死亡，这些试剂几乎立即发生作用，促使分解。真了不起！太了不起啦！唔，唯一的前提是不能死。只要能活着，试剂就没有副作用。不过到底是谁砸了狗脑袋呢？"

事情后来有了线索。一个吓坏了的女仆跑来说，就在那天上午，顶多是一个钟头以前，加夫·贝德硕突然疯了，疯得很厉害。大伙把他放倒捆住，就在他自己住的狩猎小屋里。他就在那里满嘴胡话，说自己如何在蒂奇洛恩的牧场上碰到一头凶猛的巨兽，自己又是如何跟它搏斗。据他说，不管那个东西是什么，反正你没法看见，还说这一点是他亲眼所见。他的老婆和女儿本来已经哭成泪人儿，听他这么一说，无可奈何地摇了摇头。这一来他更加大吵大闹，管园子的人和马车夫只得把捆的皮带再紧一紧。

在保罗·蒂奇洛恩这样成功地解决隐身难题的时候，劳埃德·英沃德一点也没有落后。他捎口信让我过去看看他的进展，我就去了。他的实验室是他的广阔场地中央的一所孤零零的房子。它建在一片宜人的小小的林中空地上，四周是茂密的草木，有一条七弯八拐的小路通向那里。这条小路我走过不知多少次，可以说每一时都很熟悉。可当我来到那片林中空地时，哪里还有实验室的影子？我这一惊非同小可。那座有一个红砂岩烟囱的样式古怪的棚子无影无踪，而且好像根本没有存在过一样。没有任何废墟、任何瓦砾，什么都没有。

我开始向实验室原来所在的位置走去。"这里应该是上门阶的地方。"我自言自语道。话音未落，脚趾头就踢上了一个什么东西，我向前一栽，头就撞上了什么，凭感觉很像是一扇门。我伸出手去摸，的确是一扇门。我摸到门的把手一扭。门向里打开了，实验室的整个内部猛地跃入眼帘。我和劳埃德打了招呼，把门一关，顺着小路又退回去几步。屋子又变得毫无踪影。我又走上前去打开门，顷刻之间屋内的家具和一切又历历在目——刚才一片空白，转眼之间就出现了光线、形状和色彩，这种瞬息变化简直叫人目瞪口呆。

"哎，你觉得怎么样？"劳埃德使劲握着我的手，问道，"昨天下午我用绝对的黑色在屋子外面刷了两遍，想看看效果如何。你的头没事吧？我想大概碰得不轻。"

"你先别来这个。"他打断了我表示祝贺的话，"我还要你做一件有趣的事。"

他边说边开始脱衣服。等到他脱得一丝不挂地站在我面前时，他就塞给我一只罐子和一把刷子，对我说："喂，用这个给我刷一遍。"

罐子里是一种像虫胶清漆的油质，刷到皮肤上扩散得很快，而

大作家讲的小故事

且马上就干。

"这只是打个底子,以防万一。"我刷完之后,他解释说,"现在再来真家伙。"

他指了指另外一只罐子,我拿起来,往里面一瞧,却什么也没有。

"是空的。"我说。

"你伸进一个指头。"

我照办了,顿时有一种凉津津的感觉。抽出来一看,刚才伸进去的食指不见了。我动了动这个指头,从肌肉时紧时松的感觉知道它还在,可就是不能引起我的视觉。乍一看,我完全是少了一根手指,直到我把手指伸到天窗下,看到地板上清楚地留下它的影子,才算对它有了一点视觉印象。

劳埃德咯咯地笑了:"好啦,开始刷吧,把眼睛睁大些。"

我把刷子向那个好像是空着的罐里一蘸,提起来,在他胸口长长地刷了一道。刷子经过的地方,活生生的皮肉顷刻不见了。刷完右腿,他马上像是独腿站立在那里,好像万有引力定律全是胡扯蛋。我一道一道刷着,刷完一个肢体再刷另一个肢体,就这样把劳埃德·英沃德整个儿刷没了。我一边刷,一边直起鸡皮疙瘩。到后来总算刷完了,只剩下他那双黑眼睛,好像无依无靠地悬在空中。

"涂眼睛我另外有一种精制的、性质比较温和的溶液。"他说。

"用喷枪好好一喷,变!我就变没了。"

一切干得干净利落。完了他说:"好啦,我现在到处走动一下,你得告诉我你有什么感觉。"

"头一件,我不能看见你。"我说完,就听见从空无一物的地方传来他得意的笑声。"当然,"我继续说,"你总得留下影子,这是很自然的。你从我的眼睛和一个物体之间穿过,那个物体就会消失。但是它的消失太反常,太不可理解,我的感觉就好像眼睛忽然模糊了。如果你走得很快,模糊的感觉就接二连三地出现,叫人晕头转向。这种感觉使眼睛酸痛,脑子疲倦。"

"你还有什么别的预感,知道我在场吗?"

"可以说没有,也可以说有。"我回答说,"你在我旁边的时候,我的感觉就像置身于阴湿的仓库、幽暗的地窖、深邃的矿井一样。我隐隐约约感到你的身体就在面前,就像水手在夜间感到陆地赫然出现在前面一样。不过一切都是朦朦胧胧,不可捉摸。"

那是最后一个上午,我们在他的实验室里谈了很久。我转身要走时,他用自己无形的手有点神经质地紧握着我的手,说:"现在我要去征服全世界!"我不敢告诉他,保罗·蒂奇洛恩也取得了一样的成功。

回到家里,我看到保罗留的一张条子,要我马上过去。我开车飞快地去了他家,来到甬路尽头停下,这时刚好是正午。保罗从网球场那边喊我,我下车向那里走去。但是球场空无一人。我正目瞪口呆地站在那里时,忽然一个网球打到我的胳膊上。我一转身,又一个网球嗖的一声从我耳边飞过。我看不见进攻者的影子,只见网球一个个从空中飞来,雨点般地打到我身上。当那些已经扔过来的球又一个个滚回去准备再重重地摔过来时,我才明白是怎么回事。我顺手抓过一个球拍,眼睛睁得大大的。很快我就看见一道五彩闪光时隐时现,在场地上到处窜。我紧紧追赶着它,一追上就挥拍猛击,想好好揍他几下。这时保罗的声音大叫起来:

大作家讲的小故事

"饶了我吧！饶了我吧！哦！哎哟！别打了！你知道，你是打在我的光身子上！啊唷！啊——唷！我再不敢了！我再不敢了！我刚才只是想让你见识一下我的形变。"他用悔过的口气说。我猜想他正在揉着打痛了的地方。

几分钟以后，我们就打开了网球——在我这一方面有一个不利条件，因为我无法知道他所在的位置，只有当他、我、太阳三者的相对位置完全巧合时才知道。每当这种时候他就闪光，也只有这时才闪光。这种闪光比彩虹更加光彩夺目——纯蓝、淡紫、亮黄，以及中间的各种颜色，应有尽有，像钻石一样闪烁璀璨，色彩斑斓，令人眼花缭乱。

我们的网球打得正酣，忽然间我觉得一阵阴冷，好像来到了深邃的矿井或是幽暗的地窖里。这种阴冷的感觉跟我当天上午曾经有过的那种感觉一模一样。转眼看，只见在靠近球网处一个球跳到渺无一物的空中。与此同时，在二十呎开外的地方，保罗·蒂奇洛恩发出一道五彩的闪光。因此刚才那球不可能是从他身上跳出去的。我意识到劳埃德·英沃德来到了现场，顿时感到毛骨悚然。为了证实自己的想法，我留心去找他的影子，果然发现那影子在地上移动。那是轮廓不甚分明的一团黑影，和他的腰围大小差不多（因为太阳正当顶）。我记起了他扬言要干的事，顿时确信多年的对立即将以怪异可怕的搏斗结束。

我大喊要保罗当心，就听到一声类似野兽叫声的号叫，和一声应答的号叫。只见那一团黑影迅速地掠过场地，与此同时，一道灿烂的五彩闪光迅速地掠过来迎战；接下来影子和闪光碰到了一块，传来了打架的声音。我眼看着球网在面前将要垮下来，心里感到莫名的恐惧。我向搏斗者奔去，一边大喊：

"看在上帝的分上，别打了！"

可是他们扭在一起的身体碰到我的膝盖，把我撞倒了。

"老伙计，你给我站一边去！"从虚空中传来了劳埃德·英沃德的声音。随后保罗的声音也叫开了："对，我们对你的和稀泥早就烦透了。"

从他们说话的声音听来，我知道他俩已经分开。我没法知道保罗在哪里，于是向标志着劳埃德所在的影子走去。就在这时，从另一边重重地打来一拳，正中我的下巴尖儿，打得我晕头转向。与此同时还听见保罗愤怒地尖叫："你给我站开点行不行？"

接着他们又打起来，只听见一片嘭嘭的拳脚声，痛苦的哼哼声，粗重的喘气声，只看见闪光飞舞，黑影蹦跶，清楚地说明正打得你死我活。

我大喊救命。随着喊声，加夫·贝德硕向网球场奔来，我看见他一边跑过来，一边用奇怪的目光瞧着我。猛然间他撞上了两个搏斗者，一头栽倒在场地上。他发出一声绝望的尖叫，大喊一声："啊，上帝，给我撞上了！"就亡命地向场外飞奔而去。

我束手无策，只好坐起身子，看着这场恶斗，一边吓得一筹莫展，不敢动弹。时当正午，刺眼的太阳直照在光溜溜的网球场上。说它光溜溜，它确实是如此。我唯一能看到的东西是那一小块黑影和一道道五彩闪光，从无形的脚下腾起的尘埃，被较着劲的脚蹬坏的地面，以及被他们的身体猛地撞上去而撑得鼓鼓的球网。除此之外，毫无动静。过了一段时间，就连这些也停止了。闪光没有了，影子也拉得长长的，一动不动。我脑子里出现了当初他们死死抓住树根沉在冰凉的塘底时，那两张绷得紧紧的充满孩子气的脸。

一个钟头以后他们来找我了。佣人们已经风闻所发生的一切，于是一齐辞去了蒂奇洛恩家里的活。加夫·贝德硕受了第二次惊吓

大作家讲的小故事

以后一直没能恢复，如今还关在疯人院里，毫无治愈的希望。保罗和劳埃德一过世，有关他们神奇发明的秘密就带走了，两间实验室也被极度悲痛的亲属捣毁。至于我自己，对研究化学也不再感兴趣，在我家里谈论科学的话题已成为一种忌讳。我又侍弄起了我的蔷薇。对我来说，大自然的色彩已经够美丽了。

赏析与品读

  杰克·伦敦写过不少科幻小说，《隐身试验》便是其中的一篇。故事中的两位主人公从小充满激烈的竞争意识，从少年时潜水抓住草根宁死也不肯浮上来，到青年时疯狂爱上同一个女生，以及大学毕业后从事的隐身试验，都是以有我无你的态度，各不相让。他们想到了不同的隐身办法，保罗发明能把物体变得透明的试剂，而劳埃德则发明"绝对的黑色"的颜料，都能使自己消失。可是在球场上，二人相遇了，球赛变成了两个科学家的殊死搏斗，最后双双消失死亡。

  当科学成为人类生死搏斗的利器，科学研究的意义便不再是积极的。他们的实验室被亲属捣毁，"在我家里谈论科学的话题已成为一种忌讳"，这是杰克·伦敦对科学的你死我活争斗表明的态度。他认为："大自然的色彩已经够美丽了。"

雪野寂寂

● 带着问题读一读，你会收获更多 ●

1. 主人公梅森最后的遗言是："我对不起——你知道——卡门。"他为什么要这样说？
2. 基德为什么"唯愿伙伴早点断气"？他为什么要把好朋友的尸体吊到树上？

大作家讲的小故事

"卡门活不了一两天啦。"梅森噗地吐出一块冰,伤心地仔细地打量着那条可怜的母狗,又把它的脚爪放进口里,开始咬那把脚指头硬邦邦地冻在一起的冰。

"我还从来没有见过一条名字堂而皇之的狗能派什么用场的。"他咬掉了冰,把狗往旁边一推,说:"凡是这样的狗都为名字所累,身体被拖垮,被拖死。凡是有个正经名字的狗,什么卡夏啦,斯瓦希啦,赫斯基啦,你什么时候见过它们出毛病?老兄,从来没有!就说眼前的舒克姆,它是——"

刷!那精瘦的畜生撒起了野,白生生的牙差点咬住梅森的喉管。

"我叫你凶,我叫你凶!"他用赶狗的鞭把狠狠地敲狗的耳根,那畜生就四脚朝天仰倒在雪地里,身体微微颤抖,尖牙上挂着黄色的涎水。

"我刚才说,瞧瞧舒克姆,就在眼前——它可是活蹦乱跳。我敢打赌,不出这个星期卡门就会填它的肚子。"

"我在你打的赌上面再加一句。"马莱默特·基德回答说,随手把放在火边烤着的冻硬的面包翻了个边,"不等走到头,舒克姆就会填我们的肚子。鲁思,你说呢?"

那个印第安女人在咖啡里面放了一块冰,让渣滓沉淀。她看了一眼马莱默特·基德,又瞟了一眼自己的丈夫,再看了看狗,但没有回答。事情不言自明,一目了然,完全没有必要回答。眼前是两百哩没人走过的崎岖小道,人的干粮勉强够吃六天,狗没有一点吃的,只会有这种结果。两个男人和一个女人围在火边坐下,开始吃饭。饭也没有几口。狗躺在那里,看着人一口一口地吃,馋得要命。因为只是中午小憩,狗没有卸套。

"从明天起就没有中饭了。"马莱默特·基德说,"还得提防

着狗——它们变得很凶。一有机会就把你扑倒。"

"我还当过美以美教会的主席,还在主日学校教过书呢。"梅森莫名其妙冒出这么一句,就盯着热气直冒的鹿皮鞋出起了神。鲁思给他的杯子倒茶,他才惊醒过来。"感谢上帝,我们的茶还有的是!我看见过茶树,是在田纳西那边。现在要是有个热气腾腾的玉米饼,那可是金不换!不要紧,鲁思,你挨饿的日子不会长啦,鹿皮鞋也快丢掉了。"

女人听到这话,脸色顿时明朗起来,目光洋溢着对自己的白人丈夫的无限情意——他是自己遇到的头一个白人,而且不把女人完全当做猪狗和牛马,这样的男人,他是自己认识的头一个。

"是真的,鲁思。"她丈夫继续说。情急之下他说起了两种语言的夹杂话,因为只有说这种话,他们才能交流。"你等着,我们把事办完,就动身去看大世界。我们坐白人的船去盐海。咳,那片海又凶又险——浪头像山一样,一忽儿升起,一忽儿落下,没完没了。那海又大,大得不得了——你得走十个、二十个、四十个日子。"他一边用手指比划着,"一路都是海浪,好凶的海浪。然后你就来到了一个好大好大的村子。一堆堆的人,和明年夏天的蚊子那样多。嘿,还有那屋子,高得不得了——比得上十棵、二十棵松树。哎哟,真过瘾!"

他一口气说到这里,说不下去了,求助地看了马莱默特·基德一眼,然后费尽九牛二虎之力,用手势比划着把二十棵松树一棵一棵叠上去的样子。马莱默特·基德微微一笑,神情快活而又带几分讥诮;鲁思的眼睛瞪得大大的,显得又惊奇又快活。她虽然半信半疑,以为他在开玩笑,但他居然那么看得起她,使她受宠若惊。

大作家讲的小故事

"后来,你就走进一个——一个大盒子,'噗'的一声,你就上去啦。"他为了打比方,把杯子往上一抛,又轻轻接住,大声说,"嚓'的一声,你又下来了。嘿,真神了!你到育空堡,我到北极城——二十五个日子的路——全都是大绳子连着——我抓住绳子的一头——我说:'喂,鲁思!你好吗?'——你就说:'是我的好丈夫吗?'——我说:'是呀!'——你又说:'没有烘面包好,苏打粉没啦。'①——我就说:'储藏室找,在面粉下面。再会。'你一找,找到蛮多苏打粉。你育空堡,我北极城,老这样!嘿,真神了!"

鲁思听着大长见识,她笑得那么天真,逗得两个男人哈哈大笑。这时狗撕咬起来,"大世界"的新鲜事讲不成了。等到把乱吼乱咬的狗拉开,她已经把爬犁捆扎好,一切停当,只等上路。

"走!秃子!嘿,走起来!"梅森利索地挥动着鞭子,套着挽具的狗低低地呜呜叫着。他抓住爬犁的方向杆一使劲,爬犁就破冰上了路。接着,鲁思赶着第二套狗也出发了。马莱默特·基德先帮她上路,然后赶着第三套狗出发殿后。基德虽然身强力壮,有股蛮劲,可以一拳打倒一头牛,却不忍心抽打那些可怜的狗,而是听之任之,这在赶狗人里面是少有的——不但听之任之,而且看到它们受罪,就几乎要哭出来。

"走,快走啊,你们这些可怜的脚疼得厉害的畜生!"他赶了几次没赶动,咕哝着说。他的耐心终于得到了报偿,那些狗一边疼得呜呜直叫,一边匆匆去追前面的狗去了。

再没有人谈话,艰难的跋涉不容许这样浪费精力。天下最能使

---

① "没有苏打粉了,烘不好面包啦。"梅森为让鲁思听懂,说的是夹杂着英语和印第安语的话,所以有些地方不合语法。

人疲劳的活，莫过于在大北地赶路。一个人能够憋住不说一句话顶风冒雪赶一天路就是好角色，还只是走人家走过的路。

而世上所有累死人的活，又莫过于在大北地开路。每走一步，那蹼足一样硕大无朋的雪鞋直往下陷，雪可以埋到膝盖。然后脚往上提，笔直地往上提，如果歪了几分，肯定倒霉。一定得把雪鞋提得离开地面，再往前踏下去，然后把另一条腿笔直地提起半码来高。头一次走这种路的人，就算侥幸两只鞋不绞绊在一起，摔倒在危机四伏的积雪里，也会在走完一百码以后筋疲力尽，打退堂鼓。谁能一天下来不被狗绊倒，那他钻进睡袋的时候完全可以心安理得，无比自豪，那种心情非一般人所能理解。而如果有人能在那漫漫雪道上一连走上二十天，那么神仙也会由衷钦佩。

下午的时光慢慢消逝。寂寂雪野，森森逼人，赶路人默默无语，一门心思只顾赶路。大自然有许多办法使人类认识人生有限而造化无穷，诸如那不息的浪潮、凶猛的风暴、强烈的地震、隆隆的雷声都是，但是最令人心惊胆战、魂飞魄散的，还是那冷面冷心的寂寂雪野。到处一片死寂。天气晴朗，天空一抹黄铜色，说句话也像是一种亵渎，人心里七上八下，听到自己说话的声音都吓一大跳。他一丝游魂般在遍地死寂的令人毛骨悚然的无边荒野上跋涉，一想到自己这么莽撞，不禁浑身发抖，觉得自己的生命和蝼蚁的生命一样，毫不足道。各种奇怪的念头纷至沓来，万事万物都想披露自己的秘密。对死亡、对上帝、对宇宙的恐惧油然而生，同时又对复活、对生命萌生希望，对不朽产生期盼；一句话，久被羁绊的心灵会作徒劳的挣扎——只有这种时候，人才是单独和上帝在一起。

那一天就这样慢慢过去。河道转了个大弯，梅森领着自己那

大作家讲的小故事

一队狗想取直路穿过弯道中间狭窄的地带。但那群狗看着高高的河岸,逡巡不前。鲁思和马莱默特·基德一次一次地使劲推爬犁,那些狗还是一次次滑下来。最后人和狗的劲使到了一处,这群饿得身体发软的可怜家伙豁出最后一点力气使劲拉。上去一点——再上去一点——爬犁终于在河岸上停稳了。意想不到的是,领头的狗拖着后面的狗跟跟跄跄往右边一窜,撞上了梅森的雪鞋。这一撞不要紧,梅森一下子给撞翻了,一条狗也带着拖索被撞倒,爬犁往后一翻,连爬犁带狗一起摔下了河岸。

啪!啪!鞭子没头没脑死命地向那群狗抽去,那条被绊倒的狗更是遭了殃。

"饶了它吧,梅森。"马莱默特央告道,"这个可怜的畜生只有一口气了。等一下,我来把我赶的那队狗套上去。"

梅森有意停住鞭子,听他把话说完,然后长鞭一甩,把那条触怒了他的狗全身整个儿缠住。于是卡门——挨打的就是卡门——在雪地里缩成一团,一声惨叫,身子一歪就倒下了。

这一刻光景真惨,这是旅途中一个令人凄然的小插曲——一条狗奄奄一息,两个伙伴怒气冲天。鲁思提心吊胆地来回打量着两个男人。马莱默特总算克制住了,虽然他的目光充满责难。他弯下腰,割断了这条狗身上的套索。谁也没说一句话。两队狗合在一起套上,终于把爬犁拉上了河岸;几架爬犁又上了路,那条快死的狗艰难地跟在后面。通常的做法是,一条狗只要还走得动,就不开枪把它打死,而给它最后一次机会,让它碰碰运气,看能不能爬到宿营地,到了那里也许就有麋鹿肉吃。

梅森对自己过火的举动有点内疚,但又犟着不作任何表示,而是领着爬犁队艰难跋涉,丝毫没有意识到自己危在旦夕。他们正从一片林木丛生、受到屏蔽的凹陷地穿过。离小道五十多呎的地方有一棵高大的松树。这棵松树千百年来都耸立在那里，世世代代以前命运早就注定要有这样的结局——也许同样注定梅森有这样的结局。

他弯下腰去扎紧鹿皮鞋松了的皮带子。三架爬犁停了下来，那些狗连哼都没哼一下子就躺倒在雪地里。四周静得可怕，没有一丝风吹响结着一层冰花的树木，来自天外的严寒和死寂使大自然寒彻心脏，猛抽着它哆嗦的嘴唇。空中拂过一丝轻风——他们并没有真正听见什么声音，而只是一种感觉，好像有某种预兆，在静止的空间里即将出现动静。接着，那株古松终于不堪岁月和积雪的重压，演出了生命悲剧的最后一幕。梅森听见了大树将倾的断裂声，一跃而起，但还没有完全站直身子，树就不偏不斜打中了他的肩膀。

猝不及防的危险，突如其来的死亡——马莱默特·基德见得太多了！松树的针叶还在抖动，他就一边指挥一边开始抢救。那个印第安女子没有昏倒，也没有徒劳地大放悲声，在这一点上和她的白种姐妹判若两人。她按照基德的吩咐，全身扑到一根草草做成的杠杆的一端，借助身体重量来减轻大树的压力，一面仔细去听丈夫发出的呻吟。马莱默特·基德就用斧头砍树。钢斧砍在冻得硬邦邦的树干上，发出声声脆响，伴随着斧声，还听得见砍树人"呼哧"、"呼哧"的艰难的喘息。

最后，基德总算把这个砸得不成人样的东西弄出来，摆到了雪里。但是比同伴的痛苦更使他揪心的，是那个女子脸上流露的无言的悲痛，那种交织着希望和绝望的探询目光。两人都默默无语，生长在大北地的人从小就懂得空谈无益而实干却极其可贵。在零下六十五摄氏度的低温下，一个人躺在雪地里要不了多久就会死去。于是他们赶快割断捆绑爬犁的绳子，用皮褥子把可怜的

大作家讲的小故事

梅森裹好,放在用树枝垫成的铺上。还就地取材用那造成这场灾难的树当柴,在他跟前烧起一堆熊熊大火。又在他背后撑起一块帆布,斜罩在他上面,搭成一个最简单的帐篷,把篝火发出的热反射到他身上——这是从天下万物格物致知的人可能掌握的一个诀窍。

另一方面,只有和死神打过交道的人,才知道死亡什么时候来临。梅森被砸得很惨,粗粗查看一下也一目了然。右胳膊、右腿,还有背脊都已压断,腿从臀部以下已瘫痪,还很可能受了内伤。只有偶尔一声呻吟,表明他还没有断气。

毫无希望,也毫无办法。无情的黑夜悄悄地消逝——一整夜鲁思所能做的,只是在绝望之中充分发挥她那个民族的坚韧,而马莱默特·基德那古铜色的脸上又平添了几条皱纹。说来难以置信,梅森受的痛苦反而最少,因为他在朦胧之中回到了田纳西州东部,回到了大烟山区,经历着一幕幕童年的情景。他满口梦呓,用忘了很久的动听的南方口音,说起在河里游水、捉树狸、偷西瓜的情形,听了令人凄然。这些话鲁思一点也听不懂,但是基德能听懂,而且深受感动——只有和文明社会的一切隔绝多年的人才会有这种感动。

天亮以后,受伤的人恢复了知觉,马莱默特·基德俯过身去倾听他微弱的话语。

"你还记得我们在塔纳诺相遇的情形吗?到下一次冰消雪化,就是整四年了。当时我并不是那么喜欢她,只不过她还算漂亮,有几分动人而已。但是你可知道,后来我就看她如同宝贝一样了。她成了我的好老婆,有了困难总是和我一起担当。谈到做买卖,你知道谁也比不过她。你还记得那一次,她冒着像冰雹一样打在水面的弹雨,闯过麋鹿角滩,把你和我从岩石上拉下来的事吗?——还记得那一回在努克路开耶托断粮的事吗？——记得那回她抢在解冻淌冰以前，给我们报信的事吗？真的，她的确是我的好老婆，比我以前那一个强多了……不知道我原来结过婚？从来没有告诉你，啊？唔，我结过一次，还是在南边美国老家的时候。就为了这个，我才来到这里。还是一块长大的呢。我远走他乡，就是为了给她一个离婚的机会。她得到机会，就离了。

"不过这些事和鲁思不相干。我本来想赚一点钱，明年就离开这里到'外边'去——我和她一起去——可现在太晚啦。基德，千万别打发她回娘家。一个出了嫁的女人又得回娘家住，那滋味太不好受啦。你只要想一想！在差不多四年的时间里，她和我们一起吃腌肉，吃豆子，吃面食，吃干果，怎么好又叫她回去吃鱼吃鹿肉？她已经过惯了我们的生活，知道比她娘家的生活好，再让她回去过娘家那种日子，太难为她了。基德，你要多照顾她——你干吗不干脆——好，不说了，你总是对她们敬而远之——还有，你从来没有告诉我，你为什么到这里来？你要好好待她，一有机会就送她回美国。不过要让她能够回来——你知道，她可能会想家的。

"还有那孩子——他把我们连得更紧了，基德。我唯愿他是个小子。你想想看！——他是我的亲骨肉啊，基德。孩子绝对不能留在这边。如果是个丫头，那她根本没法留在这里。把我的皮货卖了，起码可以卖上五千块，我在公司里还有一笔钱，也有这个数。把我的份子和你的份子合起来搞。我相信，我们申请产权的那块高地一定会出金子。你一定要让孩子多读点书。还有，基德，最要紧的，千万别让他回这边来。这个鬼地方不是白人呆的。

"我算是完啦，基德。顶多还能挨上两三天。你一定得继续

大作家讲的小故事

走。你非继续走不可！别忘了，这关系到我的老婆，我的孩子——唉，上帝！但愿是个小子！你不能守着我——我是个快死的人，我一定要你快走。"

"让我等三天吧。"马莱默特·基德恳求道，"你也许会好起来的，也许会出现转机。"

"不行。"

"就等三天。"

"你必须立刻上路。"

"两天。"

"基德，这关系到我的老婆和儿子。你不该再说。"

"一天。"

"不行，不行！我恳求……"

"就一天。我们靠这些干粮满可以对付过去，我说不定还能打到一头麋鹿。"

"不行……好吧，那就一天，一分钟也不能多。还有，基德，你别——别让我孤零零地在这里求生不得，求死不能。求你给我一枪，只要扣一下扳机。你心里全明白。你只要想一想！只要想一想！我的亲骨肉，我今生今世见不到他啦！

"叫鲁思过来吧。我要和她告别，还要告诉她，她必须为儿子着想，不要守着我断气。我要是不跟她说，她可能不愿意和你走。再见了，老伙计，再见。"

"基德！我说——哎——在那个靠断层的矿床上方打个洞。那个地方我曾经一铲土就淘出四毛钱的金子。"

"还有，基德！"基德把身子俯得更低，仔细去听他最后微弱的话语。那是他临终的忏悔。"我对不起——你知道——卡门。"

马莱默特·基德套上毛皮大衣，蹬上雪鞋，来复枪往腋下一夹，就悄悄地进了林子，让那女人为自己的男人轻轻哭泣。他并非初来乍到，大北地常有的这种惨祸他见得多了，可是他还从来没有这么为难过。从理论上说，这是道简单的算术题——三条可能活下去的生命对一个必死无疑的人。但是现在他迟疑了。五年来，他们肩并肩地闯水路、赶旱路，住帐篷，钻矿山，一同面对旷野、洪水和饥荒，九死一生，可说是患难之交见真情。他们太亲密无间，所以自从鲁思第一次作为第三者出现，他就不时对她有一种隐隐的妒意。而现在要由他亲手去割断这种交情了。

虽然他祈求能打到一只麋鹿，只要一只就行，但是所有的野兽似乎都已经远走高飞。天黑的时候，这个累得筋疲力尽的人只得两手空空、心情沉重地拖着步子向营地走去。就在这时传来了狗的狂吠和鲁思的尖叫，他赶紧加快了脚步。

他一冲进宿营地，就看见鲁思被一群咆哮的狗团团围住，她正挥动着斧头左右招架。那群狗打破了主人铁的禁令，正一拥而上抢吃干粮。他倒抢着来复枪也加入了这场人狗之战，于是演出了一场优胜劣汰的千万年的老戏，那野蛮和残酷比起原始时代来毫不逊色。枪托和斧头上下飞舞，时而打中，时而落空，反反复复，无休无止；那些狗眼露凶光，尖牙淌着口涎，灵活地扭动着身体，飞快地窜来窜去；人和兽为了争夺主宰权展开了一场殊死搏斗。后来，那群被打败了的狗悻悻地溜到火边，舔着伤口，又不时对着星空发出几声凄号。

带的鲑鱼干全被狗吞食了，大约还剩下五磅面粉，全靠它来走过前面两百哩荒无人烟的地带。鲁思回到丈夫身边，马莱默特·基德把一条脑袋已被斧头劈开、身体还冒着热气的死狗的肉一块块割下。他小心地把每一块肉放好，只把狗皮和杂碎留下，丢去喂了刚才还是其伙伴的那群狗。

大作家讲的小故事

天亮以后又出了新岔子。狗互相撕咬起来。奄奄一息的卡门被狗群扑倒了。鞭子劈头盖顶地抽在它们身上，但无济于事。它们虽然被抽得畏畏缩缩，嗷嗷直叫，还是不肯罢休，直到把那条狗连骨头带皮毛吃得精光才散开。

马莱默特·基德一边干活，一边听着梅森的呓语。梅森又回到了田纳西，正颠三倒四地对旧时的伙伴说话，情绪激动地教训他们。

基德利用近旁长在一起的两棵杉树，正飞快地忙活着。鲁思看着他做好一个机关，与猎人有时为了把兽肉高高挂起来，不让狼獾和狗吃掉而做的那种机关差不多。他把两棵小松树的树梢一个接一个地相对弯下来，差不多挨到地面，再用鹿皮带把它们扎住。接着他把那些狗打得服服帖帖，把它们分别套上两架爬犁，把所有的东西都装上，只留下梅森身上裹着的毛皮褥子。他把伙伴身上的毛皮褥子裹紧捆牢，把褥子两头系在弯下来的松树上。只要用猎刀一砍，松树就会松开，把吊着的身体弹到半空。

鲁思已经顺从地听完了丈夫的遗嘱。可怜的女人，她早已习惯于百依百顺。从童年起，她就对老少爷们唯命是从，也看到所有的女人都是如此，好像一个女人逆来顺受是天经地义的事。基德允许她吻别丈夫，她这才趁机痛哭一场——她本族人没有这样的习俗——然后基德领着她走到最前面的一架爬犁跟前，帮她穿上雪鞋。她神情茫然地、下意识地握住爬犁的方向杆，拿起赶狗鞭，吆喝一声，就把狗赶上了路。基德又来到已经昏迷的梅森跟前，这时鲁思早已远离视线，可基德还蹲在篝火边，等待着，盼望着，祷告着，唯愿伙伴早点断气。

一个人孤零零地待在寂寂雪野里，思绪万千，满怀痛苦，真不是滋味。如果一片昏暗，那寂静还好受一点，因为它仿佛给人一种保护，同时悄悄地给人一种无形的慰藉，可是在铁灰色的苍穹下，那一片清朗、凛冽、白得晃眼的寂寂雪野，却令人不堪忍受。

一个钟头过去了——两个钟头过去了——可是梅森还没有死。正午时分，太阳在南边地平线下没有露脸，只在整个天空抹了一线微红，又很快收了回去。马莱默特·基德惊醒过来，步履艰难地来到伙伴的身边。他向四周看了一眼。寂寂雪野仿佛在对他冷笑，他忽然恐慌起来。随着一声清脆的枪响，梅森被弹上了空中的坟墓；马莱默特·基德扬鞭一甩，狗群拼命奔跑起来，拉着他在雪野上急驰而去。

赏析与品读

短篇小说《雪野寂寂》，十足地展现了杰克·伦敦的写作风格，他喜欢把人物逼到生死攸关的境地，以展现人性的力量。

两个美国人和一个印第安女人，与一群狗，淘金途中在雪野中遇到危险，极度寒冷，粮食缺乏，狗在互相屠杀。主人公梅森，被倒下的松树意外砸到，生命垂危。临近死亡，梅森想到的是妻子和还未出生的孩子，要朋友放弃他，领他们逃离。基德让女人赶狗上路，他回来守候朋友，愿他早点咽气，可朋友仍然没死。在恐慌和痛苦中，为了生存，他向朋友开了枪。

小说集中展现了人和狗在绝望中的挣扎，狗已在拼命相食，而人性的闪光，虽然伴随着残酷的死亡，却如雪原一样强大。虽然自然是严酷的，生命在与自然的抗衡中经历了漫长而痛苦的历程，但

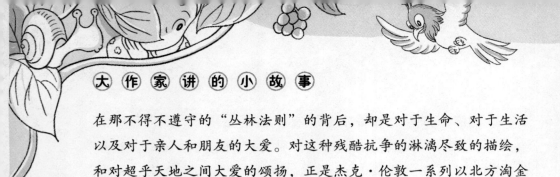

大作家讲的小故事

在那不得不遵守的"丛林法则"的背后，却是对于生命、对于生活以及对于亲人和朋友的大爱。对这种残酷抗争的淋漓尽致的描绘，和对超乎天地之间大爱的颂扬，正是杰克·伦敦一系列以北方淘金生活为题材的短篇小说的主旨。

生之恋

（又名：热爱生命）

● *带着问题读一读，你会收获更多* ●

1. 作者通过主人公与比尔的对比、与病狼的对比，说明了什么？
2. 这是杰克·伦敦的一篇名作，你从这个故事里学到了什么？

大作家讲的小故事

> 至少有一点可以自慰——
> 他们尝过生活的艰辛；
> 总算还有这么点收益，
> 虽然赌本已输个干净。

他们俩一瘸一拐地艰难地走下河岸，走在前面的那一个在乱石间脚下一闪，差点跌倒。两人疲乏不堪，因为长期苦熬苦挣而一副愁眉苦脸、默默忍受的样子。用毯子卷起来的沉甸甸的包袱，用肩带背在背上。额头还勒了一条带子吊住包袱，减轻了肩膀的负担。每人带了一支来复枪。他们走路时弯着腰，肩膀前倾得厉害，脑袋向前伸出更远，眼睛只看着路。

"我们放在地窖里的那些子弹，要是带上两三发就好了。"走在后面的那个人说。

他说话的声音干巴巴的，毫无生气。他语气平淡，因此走在前面的人没有搭腔。那个人这时正一瘸一拐地走下一条翻着泡沫从乱石滩上流过的乳白色小溪。

后面那一个紧紧跟上。虽然溪水冰冷，冷得脚腕子生疼，两脚麻木，他们也没有脱鞋袜。有些地方溪水直冲膝盖，两人都晃晃悠悠，站立不稳。

后面的人踩到一块光溜溜的大圆石，脚下一滑，慌忙猛一使劲稳住了身体，同时痛得一声尖叫。他似乎有点晕眩，一边摇晃，一边伸出那只空着的手，好像去扶一个什么看不见的东西。站稳之后他又往前走，可是又一个踉跄，几乎摔倒。他只好站着不动，看着另外那个人。那个人一次也没有回头。

他站了足足一分钟，好像在做思想斗争。终于，他大声喊道：

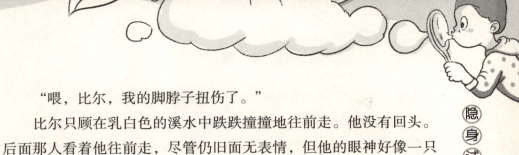

"喂,比尔,我的脚脖子扭伤了。"

比尔只顾在乳白色的溪水中跌跌撞撞地往前走。他没有回头。后面那人看着他往前走,尽管仍旧面无表情,但他的眼神好像一只受了伤的鹿。

前面那人一瘸一拐地走上对面的河岸,头也不回地继续往前走。站在溪里的那个人眼巴巴地看着。他的嘴唇哆嗦了一下,嘴上那丛又粗又密的棕色胡子随之明显地一抖动。他甚至下意识地伸出舌头舔了舔嘴唇。

"比尔!"他大声叫了。

这是一个强者在危难中发出的求助的喊声,可是比尔还是没有回头。溪里的人眼睁睁地看着,只见比尔非常难看地一瘸一拐走着,拖着蹒跚的脚步,东倒西歪地爬上那面不陡的斜坡,向矮山头上方那平缓的天际线走去。他一直看着他走过山顶,不见了身影。这时他才收回目光,慢慢地环顾一下周围。比尔走了,四近只剩下了自己。

靠近地平线的太阳,像一团闷燃的火,颜色昏暗,被一片不定型的雾霭和水汽遮盖而几乎黯然无光。这些雾霭和水汽看上去厚厚实实,却又轮廓模糊,虚无缥缈。这个人把身体重心移到一条腿上,一边掏出表来。时间是下午16点。当时是接近7月底或8月初(他只能说出大概的日子,但相差不会超过一两个星期),因此他知道太阳的方向大致是西北。他朝南边看去,只见一片荒凉的丘陵。他知道大熊湖就在丘陵那边的什么地方,他也知道在那个方向,北极圈从加拿大荒漠穿过。圈内就是险恶的无人地带。脚下的这条小溪是铜矿河的一条支流。铜矿河又向北流入加冕湾和北冰洋。他从没有去过那里,不过有一次在哈德孙湾公司的一张地图上看到过。

大作家讲的小故事

他又环顾四周。那景象无比荒凉。到处是平缓的天际线。所有的山头都是矮矮的。没有树，没有灌木，没有草——什么也没有，只有一片漫无边际的蛮荒，使他的目光顿时充满恐惧。

"比尔！""比尔！"他一次又一次地低声呼唤着。

他畏畏缩缩地站在乳白色的溪水中，仿佛那广漠的空间以雷霆万钧之势向他压来，行将以它的冷漠和肃杀，残忍地将他毁灭。他像打摆子一样抖开了，手里的枪也扑通一声掉到水里。这一下他猛地惊醒了。他拼命克制恐惧心理，强打精神，在水里摸索着，把枪捡起来。又把包袱向左肩挪了挪，好多少减轻扭伤的脚腕子的负担。接着就慢慢地、小心翼翼地向岸边走去，一边走，一边疼得皱眉蹙眼。

他没有停住脚步，而是发疯般地不顾一切，忍着疼痛，急急忙忙地走上山坡，来到他的伙伴刚刚从那里消失的小山顶——比起一瘸一拐、浑身抽动的伙伴来，他走路的样子更难看，更好笑。在山顶他看见那边是一个寸草不生的浅谷。恐惧又一次袭来，他只得再次鼓起勇气，克服恐惧，把包袱再往左肩移了移，跟跟跄跄地走下山坡。

谷底湿漉漉的，浸透了水，厚厚的苔藓，像海绵一样把水蓄积在表层。每走一步，都踩得水直溅；每一抬脚，都带来一阵吧唧声，湿苔藓紧紧贴着，好不容易才把脚提起。他挑着好走一点的地方落脚，从一片苔沼走到又一片苔沼，又循着比尔的脚印，沿着一道道岩脊向前走或者横过去。这道道岩脊就像一个个小岛，耸立在那片苔藓的大海里。

他虽然是独自一人，但并没有迷路。他知道再往前走，就会来到一个小湖，湖的四周是干枯的小云杉和小枞树，当地人管那里叫"梯钦尼奇里"，意思是"柴棍子地"。一条小溪流入那个小湖，溪水不是乳白色的。溪上长着灯芯草（这一点他印象特别深），但没有树木。他应该沿着小溪一直走到源头的分水岭。然后翻过分水岭，来到向西流的另一条小溪的源头。沿着小溪可以走到溪水流入底斯河的地方。那里有一个地窖，上面罩着一艘翻过来的独木船，还盖满了石头。地窖里有子弹，到时他的空枪就能派上用场；还有钓钩、钓线和一张小小的网——总之，打猎捕鱼、解决吃食问题的全套家什都有。还有面粉（只是不多），一块腌猪肉，一些豆子。

比尔会在那里等他，他们可以划船沿底斯河顺流而下，来到南边的大熊湖。然后在湖里往南划，始终往南划，直到马更些河。到了那里继续往南，一直往南，寒冬在后面一路紧追，所到之处，回水湾结了冰，天气变得奇冷，但始终追不上他们。他们来到南边某个气候温暖的哈德孙湾公司贸易站所在地，那地方树木高大茂盛，东西也多得吃不完。

那人一边挣扎着往前走，一边就这么想着。他身体苦苦挣扎，思想也在经受着煎熬，竭力让自己相信比尔并没有丢下他，一定在地窖那儿等着他。他不得不强迫自己这样想，否则挣扎往前走就失去了意义，只有躺下来等死。他反复盘算着在寒冬由北往南追上他们之前，他和比尔抢先南行的每一步路。太阳像一个光线昏暗的圆球，不知不觉地慢慢向西北方沉下。他还一次又一次地想着地窖里和哈德孙湾贸易站里那许多吃的东西，他已经有两天完全没有吃东西，至于没有吃饱的日子，那就更长了。他不断地弯下腰去摘几颗灰白色的苔沼浆果，塞到嘴里嚼了嚼吞下去。这种浆果只有一点点水，中间是一丁点儿籽，一放到嘴里就化，剩下的籽一嚼又辣又苦。他知道这种浆果没有一点养分，但他还是坚持嚼着，尽管知识和经验告诉他吃了毫不顶用，还是抱

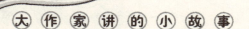

着某种希望。

21点钟的时候,他的大脚趾在岩石上蹭了一下,因为极度疲乏,他一个趔趄,就栽倒了。他侧身躺在那里,有好一会儿没有动弹。然后他从包袱的肩带中脱出来,身体不灵便地挣扎着坐起来。天还没有全黑,他趁着薄暮的微光,在乱石间摸索着,想捡一些干枯的苔藓。他捡了一堆,生起一团火(那火烧得不旺,直冒浓烟),把一白铁罐子水放在火上烧着。

他解开包袱,头一件事就是数了数里面的火柴。一共67根。他怕弄错,一连数了三遍。然后把火柴分成几份,分别用油纸包好,一包塞到已经空了的烟荷包里,一包夹在那顶破帽子的帽圈里,一包贴胸放在汗衫里面。放好以后,突然感到一阵心慌,于是把火柴都拿出来,打开又数了一遍。不多不少,还是67根。

他在火边烤着鞋袜。鹿皮鞋已经磨得稀烂,湿漉漉浸透了水。毛毡袜子好多地方已经磨破,两只脚皮开肉绽,鲜血淋漓。那只扭伤的脚脖子的血管扑扑直跳,他一细看,才发现已经肿得像膝盖一样大。他带了两床毯子,连忙拿出一床撕下长长的一条,把脚腕子紧紧裹住。他又撕了几条,缠住两只脚,既当鞋又当袜。做完这一切,他才去喝白铁罐里已经滚热的水,又上好手表的发条,这才钻到两床毯子中间睡了。

他睡得像死人一样。午夜时分短暂的黑暗瞬息即过。太阳从东南方升起来——至少可以说那一边出现了曙光,至于太阳,实际上被灰色的云层遮住了。

早晨6点钟的时候他醒过来,静静地仰面躺在那里。他目不转睛地仰视着灰蒙蒙的天空,意识到肚子饿了。他用一只胳膊肘撑着,翻过身来,这时忽然听见一声响亮的喷鼻声,把他吓了一大跳。只见一头公驯鹿，正用警觉而好奇的眼光瞅他。这头鹿离他只有五十来呎。他脑海里即刻出现了鹿肉块在火上烤得咝咝响的情景，想起了烤鹿肉的美味。他想也没想就伸手抓起那支空枪，瞄准它，一扣扳机。公鹿喷了一下鼻子，撒腿就跑，一片蹄声嘚嘚，跨过一道道岩脊飞奔而去。

那人恨恨地骂了一句，气得把空枪一扔。他挣扎着要站起来，刚一动弹就疼得哎哟直叫。这件事做起来很慢，很吃力。他的关节一个个像生了锈的铰链。它们摩擦力大，在骨臼里转动很不灵活，每一次屈伸都要靠巨大的意志力去完成。最后他总算站起来了，但是又用了分把钟才挺直腰杆，像模像样地站直身子。

他费劲地爬上一个小山包，看了看周围的景色。四周没有树，没有灌木，只见一片灰色的苔藓，无边无际，中间点缀着几处灰色的岩石，几汪灰色的小湖，几条灰色的小溪。天空也是一片灰色。不见太阳，连太阳的影子也没有。他弄不清哪边是北方，前天晚上来到这里走的是哪条路也记不清了。不过他没有迷失方向。这一点他心里有把握。不用多久他就可以走到"柴棍子地"。他凭直觉知道"柴棍子地"就在左边什么地方，不会很远——可能翻过下一个矮山头就是。

他回到原地，捆好包袱，准备上路。他摸了一下分开放的三小包火柴，都在，就没有停下来一根根去数了。不过他还是犹豫了一下，为的是一个圆滚滚的鹿皮口袋的去留问题。口袋不大，他合拢双手就可以把它遮没。他知道它有十五磅重（和所有其他的行装加起来一样重），这一点使他发愁。最后还是把它放到了一边，开始打包袱。打着打着，又停住手，目不转睛地看着那个鹿皮袋子。他用一种满怀敌意的目光向四周看了一眼，一边匆忙拾起袋子，好像怕那片荒原把它抢走一样；当他站起身，迎着刚刚开始的白昼，跟

大作家讲的小故事

踉踉跄跄地走去时，那个口袋已经打进了包袱。

他拐向左边走着，不时停下来摘苔原浆果吃。扭伤的脚脖子已经僵硬，走起来更加跛得厉害，不过比起饿得直疼的肚子来，走路的痛苦已经算不了什么。饥饿的疼痛阵阵发作，剧烈难忍。阵阵疼痛撕咬着他的胃，到后来疼得他根本没法集中思想，去考虑到"柴棍子地"该走什么路线。苔原浆果不能止住胃里撕咬般的疼痛，那苦涩的滋味反而刺痛了舌头和口腔。

他来到一处谷地，惊起了许多松鸡，它们鼓起翅膀呼啦啦从岩脊和苔原上飞起。"喀儿——喀儿——喀儿——"这是它们发出的叫声。他扔石头去打，但打不中。他把包袱放到地上，像猫捕雀一样悄悄地向松鸡爬去。锋利的石头穿透了裤腿，到后来两个膝盖都被划伤，留下一路血迹。但是这种疼痛都被饥饿的疼痛掩盖了。他身子一扭一扭地从湿漉漉的苔藓地上爬去，衣服被打得透湿，全身冰冷。但他毫不觉得，因为他一心只想填饱肚子。但那些松鸡总是等他一爬到跟前就呼啦啦飞起，并且"喀儿——喀儿——喀儿"地叫着。到后来这叫声简直像是对他的嘲弄，气得他一顿痛骂，赌气地对着它们也"喀儿——喀儿"地大叫起来。

有一回，他爬到一只一定是在睡觉的松鸡旁边。他没有看见它，猛然间它从石窝里惊起，冲他飞过来。松鸡一扑腾，他手忙脚乱地去抓，结果只捞到三根尾羽。他眼睁睁地看着松鸡飞去，心里恨恨的，好像松鸡做了什么很对不起他的事。他只好回到原地，背起包袱，继续往前走。

时间慢慢过去。他经过的一个个小谷地和一片片洼地，现在野物多起来。他看见一群驯鹿走过，大约二十多只，虽然在来复枪的射程内，却只能干瞪眼。他有一种极强烈的欲望，想去追赶，而且确信能够把它们追得筋疲力尽，束手就擒。一只黑色的狐狸向他走过来，嘴里叼着一只松鸡。他一声大叫，那叫声很可怕，狐狸吓得一窜，但松鸡还衔在口里。

傍晚时分，他顺着一条小河往前走。河水因含石灰而呈乳白色，河里有零零星星的几丛灯芯草。他紧紧抓住这些灯芯草的根部一拔，拔出了一种洋葱嫩芽样的东西，只有木瓦钉子般大小。那东西很嫩，牙一咬就嘎吱一声，使人觉得一定好吃。但是它的纤维却嚼不动，全是一丝丝的筋，和那些浆果一样饱含水分，但没有养分。他卸下包袱，双手和膝盖并用，爬到灯芯草丛里，像牛一样地嘎吱嘎吱地大咬大嚼。

他疲乏不堪，非常想歇一会——躺下来好好睡一觉，但是他还是不停地急切地挣扎着往前走，与其说是因为他要急于走到"柴棍子地"，不如说是受到饥饿的驱使。他在小池塘里找青蛙，用指甲挖土找虫子，尽管他心里明白，在这北极地带，青蛙和虫子都不会有。

他仔细搜索每一个水坑，都一无所获。直到后来，漫长的黄昏到来时，他才在一个这样的水坑里找到其中仅有的一条鲦鱼，像柳叶般大小。他伸出一只胳膊到水里去抓，水没到肩头，鱼没有抓到。他又用双手去捉，把池底乳白色的泥浆都搅起来了。他由于过分性急，掉到水里，下半身全打湿了。这时水已经很浑，鱼也看不到了，只好停下来，等泥浆沉淀下来再说。

水一澄清，他又捉起来，水又被搅浑。但是他不能再等，于是解下随身带的白铁罐子，开始把坑里的水舀出去。起初他发疯似的连连舀着，溅了自己一身的水，同时因为水泼得太近，又倒流回坑里。后来他使自己冷静下来，小心地舀着，尽管他的心怦怦直跳，手也抖个不停。舀了半个钟头，水坑差不多舀干了。剩下来的已不到一碗水，但是里面没有鱼。原来石头里面有一条暗缝，鱼就从那

大作家讲的小故事

里跑到连在一起的更大的水坑里去了。那个大水坑一天一晚都舀不干。要是早知道有那么条缝，他一开始就会用石头把缝堵死，这样鱼就到手了。

他这样想着，疲惫不堪地瘫倒在湿漉漉的地上。开头他只是轻轻地自己哭泣，随后对着从四面八方把他困住的无情荒野大放悲声；后来又大声地抽噎，身体一抖一抖的，好久才平息。

他生起一堆火，喝了几罐热水暖和身子，这才像头天晚上一样在一道岩背上露宿。睡觉前做的最后一件事是检查一下火柴是否弄湿，再给表上好发条。毯子黏在身上又湿又冷，脚脖子疼得血管突突地跳。但是他只感到饥饿，睡得很不安稳，从头至尾在做梦，梦见美酒佳肴，大吃大喝，以及杂然纷陈的各色食品。

一觉醒来，他感到身上发冷，全身不适。没有太阳，灰蒙蒙的大地和天空显得更加阴沉，更加深邃。一阵刺骨的寒风刮来，天下起了小雪，一个个山顶慢慢变白。他生了一堆火，又烧了一罐开水。这时周围的空气越来越稠，终于成了白茫茫的一片。天上下的是湿漉漉的雪，一半是雨水，朵朵雪花又大又潮。开始雪花一落地就化，但后来越下越多，终于盖满了地面，浇灭了火，他捡来备烧的干苔藓也全部报废。

这是一个信号。他赶紧背起包袱，东倒西歪地向前走，自己也不知道该去何方。他已经不去想什么"柴棍子地"，也不去想比尔，不去想底斯河边那个罩在一艘翻转来的独木舟下面的地窖。他心里只想着一个"吃"字。他已经饿疯了，已经不去理会自己是往哪里去，只要能走出这一片低洼的谷地就行。他小心试探着踩着湿漉漉的雪去摘那些只有一泡水的浆果，又全靠摸索从根部把灯芯草扯起。可这些东西既没有味道，又不能解馋。他又找到了一种带酸味的野草，就把能找到的都吃了。可是很难找到多少，因为那是一

种蔓生植物，几吋深的雪一盖，很难发现。

这天晚上他生不成火，喝不成热水，就钻到毯子下面饿着肚子睡了，但不断醒过来。这时天上下的已不是雪，而是冷雨。他仰面躺着，好多次被雨水浇醒。天终于亮了——但灰蒙蒙的，没有太阳。雨已停下。饥饿的绞痛已经消失。因为饿得太久，想吃东西的感觉已经麻木。只感到胃一阵阵隐痛，但也不那么在意。他已经比较冷静，又一次把思想主要集中到"柴棍子地"和底斯河边的地窖上来。

他把撕剩的那床毯子扯成条，把那双鲜血淋漓的脚裹好。又把扭伤的脚脖子重新缚紧，为一天的路程做好准备。在收拾包袱时他又为那个圆鼓鼓的鹿皮口袋犹豫了好久，最后还是把它带上了。

地上的雪已经被雨浇化，只有一个个小山顶还一片白。这时太阳露了脸，他总算能够定出罗盘的方位，但他知道自己已经走错了路。也许前两天因为是信步走，向左偏得太厉害。于是他偏向右边一点走，好纠正可能偏离的方向。

虽然饥饿引起的阵阵绞痛已不那么厉害，他还是感到浑身乏力。他去摘浆果、扯灯芯草根充饥的时候不得不经常停下来歇气。他感到舌头又干又大，上面好像长了一层茸毛，在嘴里直发苦。他的心脏也老给他找麻烦，走不到几分钟就开始一阵可怕的猛跳，怦，怦，怦！然后急跳开来，发展到痛苦的震颤，使他胸口堵得慌，只觉得天旋地转。

响午时分，他在一个大水坑里发现两尾鲦鱼。水坑没法舀干，不过这回他头脑比较冷静，居然用白铁罐子把鱼捞了上来。鱼只有小手指那么大，不过他并不特别感到饿。胃的隐痛愈来愈不明显，愈来愈轻微。胃似乎已经昏睡过去。他把两尾鱼生吃了，一丝不苟

大作家讲的小故事

地细细嚼着。吃已成了一种完全由理性支配的动作。虽然没有食欲,但他明白必须吃才能活下去。

傍晚时他又捉到了三尾鲦鱼。他吃了两条,留下一条第二天当早饭。太阳晒干了零零星星几块苔藓,使他能生上火烤烤身子,喝上热水。这一天他只走了十哩路;第二天因为心跳得慌,走走停停,顶多走了五哩。不过胃倒是没有一点不舒服,它已经昏睡过去。而且他已经来到一处陌生的地方,驯鹿越来越多,狼也不少。尖厉的狼嗥在荒野回荡。有一回他还看见三条狼从他要经过的路上悄悄地过去。

又过了一个晚上。第二天早晨,他变得更加清醒,拿起那个圆鼓鼓的鹿皮口袋,解开扎住袋口的皮绳子。一股粗金砂和金块从袋口倾泻而出。他把金子大致分成两份,一份用一块毯子包好,藏在一块突出的岩石上,另一份放回袋子里。第一床毯子已撕完,他开始撕另一床毯子来裹脚。但是枪还舍不得丢下,因为底斯河边的地窖里收藏有子弹。

这一天起了雾,就是这一天他昏睡的饥饿也苏醒了。他非常虚弱,头晕目眩,有时晕得眼前一片漆黑。因此他现在被绊倒就很平常了。有一次他绊倒了,不偏不斜正好摔在一个松鸡窝上。窝里有四只刚孵出的松鸡崽,出世才一天的样子——几团微微跳动着的小小肉团,只够吃一口。他把它们活活塞进口里,像嚼蛋壳一样,狼吞虎咽地吃起来。那只母松鸡在他身边扑来扑去,大吵大叫。他抡起枪去敲它,可它躲开了。他又扔石头去打,有一块石头碰巧打伤了它一只翅膀。松鸡扑棱着翅膀逃走了,他就在后面追。

那几只小松鸡反而刺激了他的食欲。他不顾扭伤的脚脖子,一瘸一拐,跟跟跄跄地追去,不时扔石头去打,扯起粗哑的嗓子大声吆喝;有时他只是跌跌撞撞、一声不响地去追,摔倒了一咬牙又不急不躁地爬起来，头发晕快要栽倒时，就用手揉揉眼睛。

这一追，不知不觉穿过了谷底的沼泽地，忽然在湿苔藓上发现了一些脚印。那不是他自己的脚印——这一点他看得出。一定是比尔的脚印。但是他不能停下，因为那只母松鸡还在往前跑。他得先抓住松鸡，再回过头来仔细看那些脚印。

他把母松鸡追得筋疲力尽，可他自己也已经有气无力。松鸡歪在地上上气不接下气，他也侧身倒在地上喘息不止。中间只隔着十来呎，但他再没有气力爬过去。等到他喘过气来，松鸡也恢复了力气。他迫不及待地伸手去抓，松鸡扑棱棱地逃开了，再也够不着。于是又开始追。后来天黑下来，松鸡终于逃掉了。他疲乏不堪，绊了一跤，一头栽倒在地。划破了脸，包袱却还背在身上。有好一会他没有动弹，后来才翻过身，侧身躺着，上好手表，就这样一直躺到第二天早晨。

又是一个雾天。他剩下的那条毯子已撕掉一半裹了脚。他没能找到比尔的足迹，但这没有关系。他的饥饿顽强地驱使着他向前——只是——只是他想知道比尔是不是也迷了路。到中午时分，成了累赘的包袱已压得他透不过气来。他于是又把金子分成两半，不过这次干脆把一半倒在地上。走到下午，他把留下的一半也扔了。这一来只剩下那半条毯子，那只白铁罐子，还有那支枪。

他开始产生幻觉。他觉得很有把握，自己还有一发子弹。这发子弹就在枪膛里，是他忘了。但另一方面他又一直明白枪膛是空的。这种幻觉挥之不去。他强制自己不去信，坚持了几个小时，还是忍不住打开枪，一看里面是空的。他感到无比失望，仿佛他真的知道那里面有粒子弹似的。

他艰难地行走了半个小时，幻觉又出现了。他仍然强制自己不去信，仍然是挥之不去。到后来仅仅为了摆脱幻觉的折磨，他又打

大作家讲的小故事

开枪来打消这个念头。有时他走神走得更远，一边机械地艰难举步向前，一边只得让种种稀奇古怪、想入非非的念头，像蛀虫一样钻进自己的脑子。不过这种白日梦的时间往往不长，因为饥饿带来的阵痛不断使他回到现实。有一回他正在这样浮想联翩，忽然猛醒过来，眼前的景象几乎使他昏了过去。他像喝醉了一样摇摇晃晃，东倒西歪，竭力想站稳。在他面前居然站着一匹马。一匹马！他简直无法相信自己的眼睛。他只觉得眼前一片朦胧，金星直冒。他狠狠地揉了揉眼睛想看清楚，结果看到的不是马，而是一头大棕熊。那畜生正打量着他，那神气是又好奇，又满怀敌意。

那人举枪去打，枪还没举到肩，忽然记起来，只好放下枪，从挂在屁股后面的镶珠刀鞘里抽出猎刀。眼前摆着的就是能救命的肉。他用拇指试了试刀刃，刀是快的。刀刃很锋利。他要向熊猛扑过去，把它杀死。可是他的心脏开始怦怦地猛跳，这是一个不好的兆头。接着又是向上猛蹿和一阵咚咚的急跳，额头好像被铁箍死死箍住，脑子也渐渐地感到一阵晕眩。

一阵巨大的恐惧袭来，驱散了他孤注一掷的勇气。他已经虚弱不堪，要是那畜生向他扑来怎么办？他挣扎着站直身子，尽量装出威风凛凛的样子，紧握着猎刀，狠狠地盯着那头熊。那畜生笨拙地向前走了一两步，两只前爪凌空而起，同时发出一声咆哮，试探虚实。人要是一跑，它就会追。但是人没有跑。他因极度恐惧而勇气倍增，全身为之振奋。他也咆哮起来，声音凶狠、可怕。这叫声里充满了那种与生俱来的、与生命的根基纠结在一起的本能的恐惧。

熊发出一声恐吓的咆哮，侧着身子向旁边挪动了一下。眼前这个站得笔直、毫无惧色的动物神秘莫测，它自己先给吓住了。人还是一动不动。他像一尊雕像站在那里，直到危险过去，才猛地一阵哆嗦，瘫倒在湿漉漉的苔藓地里。

那人重新振作起来，继续往前走，心里产生了一种新的恐惧。他现在不是怕没有吃的而被动地饿死，而是怕饥饿来不及把最后一点求生的力气耗尽，自己就惨遭不测。这地方到处是狼。它们的嗥叫声在荒野上空来回飘荡，简直在空中织成一张恐怖的罗网，好像一伸手就能摸到。他不由自主地向空中伸出双臂把这张无形的网往后推，仿佛那是被风吹得绷紧的帐篷。

他一路走着，那些狼不时三三两两地从他要经过的地方横路而过。但它们都避开他。看来一则是因为狼的数目不多不敢造次，另外它们要猎获的是不会搏斗的驯鹿。而这个直立行走的陌生动物可能会又抓又咬，难以对付。

快到傍晚时，他发现了一些骨头，散得满地都是，说明狼在这里开过杀戒。那是一头小驯鹿的残骸，一个钟头以前还呦呦叫，满地飞跑，欢蹦乱跳。他仔细看了看那些骨头，都啃得一干二净，舔得溜溜光，但还粘有几根红丝丝，那是还没有死去的细胞。莫非在天黑之前，他就是这个下场？难道这就是生命？啊！想来不过是一场虚空，瞬息即逝。只有生命才感到痛苦。死是不痛的。死就是睡去。它意味着停止，安息。既然如此，他为什么不心甘情愿去死呢？

这些大道理他没有想得太久。他早已在苔藓地上蹲下来，手里拿着一块骨头，吮吸着仍使骨头微微泛红的残存生命。那甜美的肉味若有若无，不可捉摸，有如朦胧的记忆，勾起他疯狂的食欲。他使劲地咬骨头，使劲地嚼起来。有时骨头被咬碎，有时牙齿被崩掉。后来他把骨头放在石头上砸碎、捣烂，整个儿吞下去。情急之下，他把手指也砸了。使他大为惊异的是，当指头被砸着时，有一刻并不感到怎么疼。

随后的几天气候恶劣，雨雪交加。他不知道什么时候露宿，

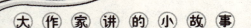

大作家讲的小故事

什么时候收拾东西上路。他白天赶路,夜晚也一样赶路。他在哪里摔倒,就在那里歇一会,而等到奄奄一息的生命火花一闪烁,生命之火略微起死回生,他又挣扎着往前走。作为一个人他已经不再挣扎。驱使他向前的是身上顽强的生命力。他不再感到痛苦。他的神经已变得迟钝、麻木,他的脑子里则充满怪诞的幻想和怡人的梦境。

他不断地吮吸着、咀嚼着那已经捣碎的小驯鹿的残骨。那是他一丁点儿不剩地收集起来,带着路上吃的。他不再翻山越岭,而是沿着一条从一片宽阔的浅谷流过的小河信步走去。他既没有看见这条小河,也没有看见那片谷地。他看到的只是幻象。灵魂和躯壳一起向前走,向前挣扎,两者若即若离,因为它们之间的纽带是那么脆弱。

有一次,他一觉醒来神志清醒,发现自己仰面躺在一道岩脊上。阳光灿烂,照得人暖洋洋的。从远处传来小驯鹿的呦呦叫声。他依稀记得风雨交加、大雪纷飞的情景,至于自己是被那场暴风雨吹打了两天还是两个星期,则完全记不起了。

有好一会他一动不动地躺着,沐浴着和煦的阳光,他那备受折磨的身体充满融融暖意。他想天气真好,说不定有办法确定自己的方位。他痛苦地挣扎着侧过身来。下面是一条宽阔的河,水流得很慢。他感到奇怪,因为这条河很陌生。他的目光顺着河水慢慢地望去,只见宽阔的河面蜿蜒在一道道小小的荒山秃岭之间。他从来没有见过这些荒凉、光秃、低矮的小山岭。他目送着这条陌生的小河流去。他的目光是那么悠然,那么慢条斯理,既不激动,也没有特别的兴趣。只见天际处,小河尽头是一片灿烂的海水。他仍然无动于衷。他想,真是不可思议,一定是幻象,是海市蜃楼——多半是幻象,是自己错乱的神经捣的鬼。他还看见那片灿烂的大海上停泊着一条船，这一来他更相信是幻象了。他把眼睛闭上一会儿又睁开。奇怪的是那幻影居然没有消失！他一想就明白了。他知道在那一片茫茫荒野的腹地，既不会有大海，也不会有船，就像他知道自己那支空枪里没有子弹一样。

他听见后面一种类似抽鼻子的声音——有点像是猛地倒抽一口气，也有点像一声干咳。由于身体极度虚弱和僵硬，他只能极其缓慢地翻过身去，向着另一边躺着。面前看不到有什么东西，但是他耐心地等待着。他又听到了那种抽鼻子和干咳的声音。只见在离他不过二十呎的地方，在两块峻岩之间，隐约露出了一只灰狼脑袋的轮廓。狼的尖耳朵不是竖得那么笔挺，和他见过的狼不一样；两眼则昏暗无光，布满血丝，脑袋似乎有气无力地耷拉着，充满愁苦。太阳晃得它直花眼。它看来有病。人正瞧着，那畜生又发出一声抽鼻子和干咳的声音。

起码这头狼是实实在在的。他这么想着，又翻身侧向另一边，以便看看刚才被幻象掩盖的周围的现实。但是，远处仍是一片灿烂的海水，那条船也清晰可见。难道到头来这些都是真实的？他闭上眼睛想了很久，终于记起来了。原来这些天里他一直是往北偏东走，离开了底斯分水岭，走到了铜矿谷。这条河面宽阔、流速缓慢的河是铜矿河。那一片闪光的大海就是北冰洋。那条船是一条捕鲸船，本来是驶往马更些河河口的，却偏了东，偏得厉害，因此眼下停泊在加冕湾。他记起很久以前看到过的那张哈德孙湾公司的地图，于是一切都明朗起来，变得合情合理了。

他坐起身，集中精力想眼下要做的事。裹在脚上的毯子已经磨穿，一双脚皮开肉绽，血肉模糊。剩下的一床毯子已经撕完。枪和猎刀没了。帽子不知在哪里丢了，放在帽圈里的一小包火柴也一块丢了。不过用油纸包好放在烟荷包里贴身藏着的火柴还在，也没有

打湿。他看了看表。表还在走,时间是11点。显然他一直没有忘记上发条。

他头脑冷静,泰然自若。虽然极度虚弱,但没有痛感。也没有感到饥饿,甚至想到食物也引不起什么快感。他的一切行为全靠理智驱使。他把膝盖以下的一截裤腿撕下来,把脚裹上。不知怎么的那只白铁罐子倒没有丢掉。他要先喝点热水,然后再向那条船走去。他估计那是一段极其艰难的路程。

他动作缓慢,像偏瘫病人一样抖个不停。他想去拾干苔藓,这才发现自己站不起来。他一次又一次地挣扎,后来只好死了心,靠双手和膝盖爬来爬去。他有一次爬到了病狼附近。那畜生很不情愿地慢慢走开,一边用舌头舔着脸的前部。舌头软搭搭的,好像连卷动的力气都没有。他注意到这舌头不是通常那种健康的红色,而是一种黄褐色,好像还蒙着一层半干的黏液,显得很粗糙。

一杯热水下肚,他发现自己居然能站起来,甚至能够像一个快死的人那样挣扎往前走了。每过分把钟就不得不歇歇气,步子软绵绵的,东倒西歪,像跟在后面的那头狼的步子一样。当天晚上,当那片闪光的大海被夜幕遮盖的时候,他知道自己朝大海顶多走近了四哩。

整整一晚上,他都听见那只病狼在咳嗽,不时还听见小驯鹿的呦呦叫声。四周都是生命,但那是旺盛的生命,活蹦乱跳的生命。他也知道那只病狼死死跟着他这个病人,是指望他先死。第二天早晨他一睁开眼,就看见病狼用一种如饥似渴的目光死死盯着他。它夹着尾巴蹲伏在那里,像一条倒霉的、满脸晦气的狗。凛冽的晨风吹得它瑟瑟发抖。人嘶哑着嗓子有气无声地冲它一喊,它就没精打采地龇牙。

太阳升起来,四下一片明亮。整个上午他一路摔着跤,跌跌撞撞地向闪光的大海上那条船走去。天气再好也没有了。这是高纬度地带短暂的小阳春气候。这种天气也许持续一个星期。明天、后天说不定就要变天。

下午,他发现了一些踪迹。这些踪迹是另一个人留下的。这个人不是行走,而是手足并用挣扎着往前爬。他想这个人也许是比尔,不过这时他已经麻木不仁、漠不关心。他不再好奇。实际上,他的感觉和情感已经消失。他不再感到痛苦。胃和神经都已经昏睡。然而他内在的生命力却驱使他不断向前。他极度疲乏,但生命力却顽强不息。正因为生命力顽强不息,他才坚持采浆果、捉小鱼充饥,喝热水暖身子,还小心提防着那病狼。

他顺着那个挣扎着向前爬的人留下的踪迹往前走,不久就到了尽头——几块啃得干干净净的骨头,散落在湿苔藓上,周围还有许多狼的脚印,他还发现一个圆鼓鼓的鹿皮口袋,和他的一模一样,但是已经被尖利的牙齿撕破。口袋沉甸甸的,他无力的手几乎拿不动,但还是费劲地把它拾起来。看来比尔临死都没有把袋子丢掉。哈哈!现在该他来嘲笑比尔了。他要活下去,走到闪光的大海上那条船那里,把袋子也带上。他的笑声粗哑、瘆人,和老鸦的哇哇叫声无异。那头病狼也来凑热闹,凄厉地嗥叫起来。忽然他刹住笑声。如果那真是比尔的骸骨,如果那些被啃得光光的、带有一丝丝红色的白骨真是比尔,他怎么能笑得出来?

他转身走了。不错,比尔是抛弃了他,但他还是不能要比尔的金子,也不能吮吸比尔的骨头。不过,这事如果换个个儿,比尔倒是做得出来的。他一边东倒西歪地往前走,一边这么想着。

他来到一个水坑旁边。当他弯下腰在水里找小鱼时,头猛地往后一仰,像被什么螫了一样。原来他看到了自己映在水中的脸。那张脸格外吓人,迟钝的感觉一时得以恢复,他感到了震惊。水里

大作家讲的小故事

有三条小鱼,但水坑太大,舀不干,他用白铁罐子捞了几次,没捞上,只好放弃。他担心自己极度虚弱,栽到水坑里被淹死。沿着河边的沙滩有一排漂来的木头,也因为想到这一层,他才没有贸然抱上一根木头漂流而下。

这一天,他和那条船的距离缩短了三哩;第二天只缩短了两哩。因为他和比尔临死前那样,已经只能爬了。到第五天结束时,船与他相隔七哩,而他如今一天一哩路也难爬了。小阳春的天气还维持着,于是他继续不断地爬,不断地晕过去,反反复复,无休无止;那只病狼一直紧紧跟着,不断地咳嗽和呼呼喘气。他的膝盖也和双脚一样皮开肉绽。虽然他把身上穿的汗衫都撕来垫了膝盖,还是在走过的苔藓地和石头上留下了一道血迹。有一次他回过头,正好看到那只狼在贪婪地舔那血迹,使他猛然看到了自己可能的下场,看得一清二楚,除非——除非他能把狼干掉。于是演出了一幕无比严酷的弱肉强食的悲剧——病人挣扎着往前爬,病狼一瘸一拐地跟在后头,两个生灵就这样在莽莽荒原上拖着垂危的病躯前行,伺机夺取对方的生命。

如果是一只健康的狼,他觉得倒也无所谓,不过一想到自己要去喂那条令人恶心、奄奄一息的病狼,他不禁从心底感到厌恶。在这件事上他有点吹毛求疵。这时他又神不守舍起来,脑子被各种幻觉弄得迷迷糊糊,清醒的时刻也越来越少,越来越短暂。

有一回,他在昏迷中被耳边呼呼的喘息声惊醒。那只狼见他醒来,慌忙一瘸一拐地往回窜,由于虚弱不堪,失足摔倒了。那样子真可笑,可是他丝毫不觉得有趣。他甚至也不害怕。他早已不知道害怕。不过此刻他的头脑很清醒,于是躺在那里盘算着。那条船现在离他不过四哩路。他揉一揉蒙眬的眼睛,那船就看得一清二楚。他还看见一条小船的白帆,在闪光的大海上破浪前进。他绝对爬不完那四哩路，这一点他心里明白。尽管心里明白，仍然很冷静。他知道自己连半哩路都爬不到。但是他渴望生存下去。他已经历了千辛万苦，现在死去太不合情理。命运对他未免太苛刻。所以，他虽然奄奄一息，仍不愿去死。也许这样做太不可理喻，但他仍是死到临头，拼命抗争，顽强求生。

他闭上眼，小心翼翼地使自己镇静下来。疲乏像汹涌的浪潮，冲击着周身的肌肤，但他顽强地打起精神，不让自己被浪潮淹没。这种要命的疲乏，酷似一片大海，海水涨了又涨，一点一点地将他的意识淹没。有时他几乎遭灭顶之灾，双手无力地划着，在无知无觉的茫茫大海上游着；有时由于某种神奇的精神作用，他又有了一丁点儿毅力，更加顽强地游起来。

他一动不动地仰面躺在那儿，听见病狼呼呼的喘息声慢慢逼近。狼走拢一点，又走拢一点。时间显得那么漫长，但他还是一动不动。那声音已近在耳边。那又粗又干的舌头像砂纸一样在他脸上擦着。他的双手猛地伸了出去——至少可以说他凭借意志把手伸了出去。但手指已经弯得像鹰爪一样，一抓什么也没有抓着。敏捷和准确离不开力气，可他已经没有那样的力气。

狼的耐心大得惊人，人的耐心也大得惊人。人一动不动躺着，一躺就是半天，努力使自己清醒，随时准备对付那头一心要吃他、他也一心想要吃的野兽。有时候，他被疲乏的浪潮所淹没，于是做起了许多长长的梦，不过无论是清醒还是在梦中，他时刻提防着那呼呼的喘息声靠近，提防着那根粗糙的舌头来舔。

他没有听到喘息，但感到那根舌头在舔他的手，于是慢慢地从梦境中醒过来。他等着。狼的尖牙轻轻地咬上了，咬得更紧了，狼在使出最后一点力气，想把牙咬进等待已久的美餐。但是人也早就等着这一时刻，于是用那只咬破了的手抓住狼下巴。狼无力地挣

大作家讲的小故事

扎着，手无力地掐着，另一只手也慢慢移过来把狼掐住。五分钟以后，人已经把全身的重量压在狼身上。人的一双手没有足够的力气把狼掐死，但是人的脸已紧贴着狼的咽喉，咬了满嘴狼毛。又过了半个钟头，人感到一种细细的温热的液体流进了自己的喉咙。那滋味可不好受，好像是把铅液硬灌进胃里，而且全凭自己的意志在硬灌。后来，人翻过身，仰面睡着了。

捕鲸船"贝德福"号上有几个科学考察队的成员。他们从甲板上看见岸上有个奇怪的东西。那个东西正从海滩向水边移动。他们看不清是什么动物，于是萌发了科学考察的兴趣，乘了一条拴在舷边的捕鲸艇，划到岸上去看。他们看到的是一个活物，一个三分像人七分像鬼的东西。那东西已经双目失明，昏迷不醒。它像一条巨大的蠕虫，在地上一扭一扭地向前挪动。尽管它的大部分努力都是徒劳的，它仍然顽强不息，乱扭乱动，以每小时大约二十呎的速度向前移。

三个星期以后，那人已经躺在"贝德福"号捕鲸船的一个铺位上，正在讲述自己的遭遇，一边说，一边眼泪双流，顺着瘦削的脸往下淌。他还口齿不清、前言不搭后语地谈起了自己的母亲，谈起阳光明媚的加利福尼亚，谈起掩映在橘林和花丛中的家园。

那以后没过几天，他就同科学考察队队员和船员坐在同一张桌子旁吃饭了。他贪婪地看着面前丰盛的食物，焦急地看着它被别人送进嘴里。别人每咽下一口，他眼里就露出一种深深的惋惜。他神志很清楚，但他憎恨那些人进食的样子。他怕那些食物会吃光，终日生活在恐惧之中。他向厨子打听，向服务员打听，向船长打听，问船上有多少食品。他们无数次地要他放心，他还是不相信，于是费尽心思，偷偷地到船上的小储藏室去亲眼查看。

大家注意到那人在发胖，身体一天比一天富态。科学考察队队员一个个摇着头，提出各自的见解。他们限制那人的饭量，但是他的腰围还是越来越粗，衣服被撑得圆鼓鼓的。

水手们咧着嘴笑，他们心里明白。科学考察队队员派人监视他，终于弄清了底细。他们看见他早饭后没精打采走出去，像个叫花子一样，伸手向一个水手讨东西。水手咧嘴一笑，给了他一块压缩饼干。他生怕人家抢走似的把它紧紧抓在手里，像守财奴看金子一样看着它，然后把它贴胸放在衬衣里面。别的水手也是一边咧着嘴笑，一边塞给他类似的东西。

科学考察队队员没有鲁莽行事。他们没有去打搅他。他们只是偷偷地检查了他的铺位。床上摆着一排排的压缩饼干，褥子里塞满了压缩饼干，所有的角角落落全是压缩饼干。然而他的神志很清醒。他是怕万一又断粮而在储备食物——如此而已。不过科学考察队队员说，他会恢复理智的。果然不出所料，"贝德福"号还没有驶到旧金山湾隆隆地抛下铁锚，他就和常人无异了。

赏析与品读

杰克·伦敦说过："顽强是妙不可言的东西，它可以把山移动，使你不敢相信和想象。"在这篇短篇小说中，杰克·伦敦描写了一个甚至连名字也没有的顽强的淘金者，"他"和朋友比尔，在淘到金子后走向希望，却在艰难的回程中踏入绝望。"他"过一条河时崴了脚脖子，朋友比尔却背着金袋子，头也不回地走了。"他"独自一人经历着艰苦的跋涉，他精心地保存着火柴，幻觉中遇到马——却是棕熊，"他"强撑着吓跑这庞然大物，"他"遇到过刚进过餐的狼，捡起狼吃剩下的鹿骨头。"他"终于追上人的足迹，那

大作家讲的小故事

是比尔的,却只剩了骨头和金袋子——比尔到死都没有丢下金子。

在最后一段最艰难的行程中,"他"遇到连舌头卷起来的力气都没有的病狼,一对生命互相窥伺,要等对方死后吃掉对方补充自己的生命。当病狼舌头舔到脸上,牙齿已经咬下时,他拼尽全力掐死了对手,喝了狼的血。最终他被捕鲸船救了。

《生之恋》在悲壮的气氛中展示了人性的伟大和坚强。故事情节的传奇性与具体细节的逼真性,两者的完美统一是这篇小说的最大特色,而作者通过塑造一个意志顽强,具有鲜明性格和超凡勇气的淘金者形象,深刻表达出热爱生命的主题。

飓风扫过环礁岛

（又名：马普西的房子）

● 带着问题读一读，你会收获更多 ●

1. 文章中反复提到"屋子要有三十六呎长，四周围都是走廊"，为了说明什么？
2. 飓风来临，生活天翻地覆，珠子却失而复得，马普西一家人的心情是怎样的？除了高兴，还有什么吗？

大作家讲的小故事

"奥雷"号虽然样子笨重,在微风中驶起来却很轻巧。船长把它一路开到岸上海浪拍击到的地方才下了锚。希库厄鲁环礁岛低低地浮在水面。那是一圈宽一百码、周长二十哩的珊瑚沙滩,比涨潮的水位线高出三到五呎不等。岛内的环礁湖面积宽阔、水平如镜,湖底生长着许多珠蚌。从这艘双桅帆船的甲板上望去,可以看见窄窄的环形岛那边有许多潜水员在采珠。环礁湖的入口,连一艘做买卖的双桅帆船都进不去。遇到顺风,单桅帆船倒可以通过那七弯八拐的浅浅水道,开进湖里。双桅帆船却只能停在外面,派小艇进去。

"奥雷"号利索地放下一艘小艇,五六个只围了块红腰布的肤色棕褐的水手跳了进去。他们划起了桨,艇尾站着一个小伙子掌舵。他穿着洁白的热带服装,一副欧洲人的派头。但他并不是纯粹的欧洲人血统。他的白皮肤带有玻利尼西亚①人那种阳光一样的金黄色调,那双闪烁的蓝眼睛也透出玻利尼西亚人的那种金黄色光彩。他叫拉乌尔,亚历山大·拉乌尔,是玛丽·拉乌尔最小的儿子。玛丽是个有四分之一外来血统的女阔佬,独自拥有和营运着五六条和"奥雷"号差不多的做买卖的双桅帆船。小艇闯过入口处的一处涡流,艰难地冲过汹涌澎湃的海浪,来到水平如镜的环礁湖上。小伙子拉乌尔纵身跳到白色的沙滩上,和一个高个子土著人握了手。那人胸厚膀圆,健美异常,但是右胳膊只剩了一截,断处露出几寸长的骨头。那骨头因为已有了些日子,变得白惨惨的,成为他曾经碰上一条鲨鱼的见证。就是那次遭遇结束了他潜水采珠的生涯,从此靠讨好卖乖、玩弄诡计来占点小便宜。

---

① 玻利尼西亚(Polynesia),中太平洋的岛屿,意为"多岛群岛",包括夏威夷群岛、萨摩亚群岛、汤加群岛等。

"艾利克，你听说了吗？"他一见面就说，"马普西弄到了一颗珠子——那可是从来没见过的好珠子。那样的珠子莫说在希库厄鲁没有捞到过，就是在帕莫塔斯群岛，在全世界，也没有捞到过。快去从他手里买过来，现在还在他手里，别忘了是我头一个告诉你的。他是个二百五，你花不了几个钱就可以弄到手。哎，你有草烟吗？"

拉乌尔走上海滩，朝一棵露兜树下的一座棚舍走去。他是他母亲的总代理，他的工作是走遍帕莫塔斯群岛，去收购椰干、贝壳和珍珠。

他是个年轻的总代理，以这种身份出来还是第二回。因为缺乏为珍珠估价的经验而疑虑重重。但是当马普西一亮出那颗珍珠，他好不容易才没有露出内心的惊讶，装出一副买卖人的满不在乎的神气。那颗珍珠的确叫他吃了一惊。它大如鸽蛋，圆溜溜的，通体洁白，乳白的色彩中辉映着周围的各种色彩。它简直是颗活珠子。他真是大开眼界。马普西把珠子放到他手心里，他感到它重得出奇。这说明它的确是一颗好珠子。他用袖珍放大镜仔细看了看，发现没有一点瑕疵。它无比纯净，几乎要从手掌中消失，和周围的空气融为一体。把它放在暗处，它就发出柔和的光泽，宛如溶溶月色。它又白得那么晶莹，他把它放到一杯水里，就几乎难以发现。而且它一眨眼工夫就一沉到底，说明珠子的分量很不寻常。

"嗯，你想换什么？"他老练地装出随便的口气问。

"我要换……"马普西犹豫了一下，这时在他身后，围在他那张黑脸旁的两个女人、一个姑娘的三张黑脸，一致点头表示赞同他开的价。她们的头向前伸出，脸上露出压抑不住的期盼，眼睛贪婪地闪闪发亮。

大作家讲的小故事

"我要换一栋房子。"马普西继续说,"这房子得有一个白铁屋顶和一面八角挂钟。要有三十六呎长,四周围要有走廊。屋子中间有一个大房间,房间中央有一张圆桌,墙上挂着那面挂钟。大房间两边要有四间卧室,每边两间。每间卧室里有一张铁床,两把椅子,一个洗脸架。屋子后面得有一间厨房,一间顶好的厨房,里面要有鼎有锅,还要有一个炉子。这屋子你得盖在我们住的法卡拉瓦岛上。"

"就这些吗?"拉乌尔简直不敢相信。

"还要一架缝纫机。"马普西的妻子特法拉说。

"别忘了那面八角挂钟。"马普西的母亲诺瑞插了一句。

小伙子拉乌尔哈哈大笑。他笑了好久,笑得很开心。不过他是一边笑,一边在心里打算盘。他自打生下来就没有盖过房子,对于盖房子的事只有模糊的概念。他一边笑,一边在心里估算成本,包括到塔希提岛去采购材料的盘缠,材料本身的费用,从那里回到法卡拉瓦岛的盘缠,把材料运上岸和盖房子的工钱。打点富余,总共要花上四千法国大洋——四千法国大洋就是两万法郎。这根本不行。他怎么知道一颗这样的珍珠能值多少钱?两万法郎可是一大笔钱——而且这钱还得他母亲出。

"马普西。"他说,"你真是个二百五。你还是出个价吧。"

马普西摇了摇头,他后面的三个脑袋也跟着摇。

"我要房子。"他说,"这房子得有三十六呎长,四周围都是走廊……"

"好啦,好啦。"拉乌尔打断他的话,"你要一栋什么样的房子我都知道,但是办不到。我给你一千智利大洋。"

四个脑袋一声不响一齐摇起来,表示不同意。

"另外还算欠你一百块智利大洋。"

"我要房子。"马普西说。

"你拿着房子有什么用?"拉乌尔问道,"一场飓风就会把它刮跑。你应该明白这一点。拉斐船长说,看天气马上就有一场飓风要来。"

"法卡拉瓦岛刮不到。"马普西说,"那里的地势高得多。这个岛是刮得到。一刮飓风希库厄鲁岛就逃不脱。我要把房子盖在法卡拉瓦岛上。屋子要有三十六呎长,四周围都是走廊……"

拉乌尔又听他把房子从头到尾说了一遍。小伙子花了几个钟头,想打消马普西一门心思要房子的想法,但是马普西的母亲、妻子,还有他的女儿恩加库拉都为他打气,使他要房子的决心更加坚定。拉乌尔一边听马普西不厌其烦地仔仔细细说他要一栋什么样的房子,一边从洞开的门口,看见他的双桅帆船派出的第二艘小艇也靠上了海滩。几个水手没有放桨,说明马上就要离开。"奥雷"号的大副跳上岸,向那个只有一条胳膊的土人问了句什么,就匆匆忙忙向拉乌尔走去。一阵狂风吹动乌云遮住了太阳,天空突然阴沉下来。拉乌尔从礁湖上望过去,只见那边灰蒙蒙的一线,预示着大风就要来临。

"拉斐船长说你得像鬼赶着一样马上离开这里。"大副头一句话就说,"要是有什么珠蚌,也只好等以后再来收购了——他是这么说的。气压计已经降到二十九点七。"

一阵劲风撼动了他们头上的露兜树,又从后面那些椰树中横扫而过,刮掉五六个熟透的椰子,重重地摔到地上。接着,一阵急雨带着狂风的怒吼自远而近,风头所至,礁湖水面顿起波纹,冒出腾腾雾气。头一阵雨点已经噼里啪啦地打到树上。拉乌尔慌忙起身要走。

大作家讲的小故事

"马普西,给你一千块智利大洋,付现款。"他说,"另外还算欠你两百智利大洋。"

"我要房子……"马普西说。

"马普西!"拉乌尔大声喊道,因为只有这样才听得见,"你是个二百五。"

他一阵风似的跑出屋子,和大副一起顶风冒雨走下沙滩,向小艇赶去。但是他们看不见小艇了。热带的骤雨在他们四周拉上一道雨帘,使他们只能看见脚下的沙滩,还有从礁湖里窜上来,报复似的撕咬着沙滩的阵阵小浪。这时忽然从瓢泼大雨中走出一个人来。原来是只有一条胳膊的胡鲁-胡鲁。

"你把珠子搞到手了吗?"他冲着拉乌尔的耳朵大声喊道。

"马普西是个二百五!"拉乌尔也大声喊着回答。接着一阵倾盆大雨从天而降,把他们冲散了。

半个钟头以后,胡鲁-胡鲁从环礁岛朝海的一面向外一望,只见两只小艇被吊上了"奥雷"号,"奥雷"号正掉过头准备出海。他还看见在它附近有一条刚刚乘着狂风从海上驶来的双桅帆船,这船已经抛了锚,正放下一只小艇来。他认识这条船。它是"奥罗赫纳"号,船主是托里奇,一个混血种的商人。托里奇自任总代理,此时此刻他肯定在小艇的船尾。胡鲁-胡鲁咯咯地笑了。他知道马普西去年赊了托里奇一批货,一直没有付钱。

这时狂风已经过去。灼热的太阳当空晒着,礁湖又变得水平如镜。但是空气像树胶一样黏稠,沉甸甸地仿佛压在胸口,叫人透不过气来。

"托里奇,你听说这件事了吗?"胡鲁-胡鲁问道,"马普西弄到了一颗珠子。那样的珠子莫说是在希库厄鲁岛没有捞到过,就是在帕莫塔斯群岛，在全世界，哪儿都没有捞到过。马普西是个二百五，何况他还欠你的钱。别忘了是我头一个告诉你的。你有草烟吗？"

托里奇于是向马普西的茅棚子走去。他是个蛮横角色，而且又横蛮又愚蠢。他漫不经心地瞧了一下那颗神奇的珍珠——就瞧了那么一眼，然后满不在乎地把它放进自己的口袋。

"你运气好。"他说，"是颗好珠子。我给你冲笔账。"

"我要一栋房子。"马普西大惊失色，连忙说，"这房子得有三十六呎——"

"什么三十六呎，你奶奶个熊！"托里奇冲口而出骂道，"你要的是还清账，这才是正经的。你欠我一千二百块智利大洋。好啦，你这一下不欠我的了。这笔钱算还清了。另外，还算我该你两百块智利大洋。要是我到了塔希提，珠子能卖个好价钱，就算我再该你一百块——这样总共就是三百块。不过有言在先，这要珠子能卖个好价钱才算，说不定我还得赔钱。"

马普西低着头，两只胳膊交叉着，伤心地坐在那里。他的珠子就这样给抢走了。房子没到手，只还了一笔账。珠子没了，连响声都没一个。

"你真是个二百五。"特法拉说。

"你真是个二百五。"他的母亲诺瑞说，"你干吗要把珠子交给他？"

"你要我怎么办？"马普西争辩说，"我欠他的钱。他知道我弄到了一颗珠子。他问我要珠子瞧瞧，你又不是没听见。我并没有告诉他，他早就知道了，是另外哪个告诉他的。我又欠他的钱。"

"马普西是个二百五。"恩加库拉也学着嘴说。

大作家讲的小故事

她只有十二岁，傻不拉叽的还不懂事。马普西一个耳光打得她东倒西歪，算是出了口恶气。这一来特法拉和诺瑞不依了，她们放声大哭，唠唠叨叨地对他数落个不停。

胡鲁-胡鲁在沙滩上打望，这时又看见一条他熟悉的双桅帆船在礁湖入口处抛了锚，放下一只小艇。这条船是"希拉"号。这个名字取得妙。因为船主列维，这个德国血统的犹太人，是这一带最大的珍珠商人，而谁都知道"希拉"是塔希提人信奉的渔民和盗贼的保护神。

"你听到消息了吗？"那个五官不正、满脸横肉的列维一上岸，胡鲁-胡鲁就对他说，"马普西弄到一颗珠子。那样的珠子莫说是希库厄鲁岛，就是在帕莫塔斯群岛，在全世界，都没有见到过。马普西是个二百五。他把珠子作一千四百块智利大洋卖给了托里奇——我在外面亲耳听见的。托里奇也是个二百五。你花不了几个钱就可以从他手里买过来。别忘了是我头一个告诉你的。你有草烟吗？"

"托里奇在哪儿？"

"在林奇船长家喝苦艾酒。他在那里待了一个钟头啦。"

列维和托里奇一边喝着苦艾酒一边为那颗珠子讨价还价的时候，胡鲁-胡鲁又跑去偷听，听见他们以两万五千法郎的高价成交。

就在这时，正向海岸疾驶而来的"奥罗赫纳"号和"希拉"号两艘船都开始拼命地发信号枪。那三个人跨到门外，正好来得及看见两艘双桅帆船匆匆掉头离岸，一边放下主帆和飞三角帆，一边迎着使船身倾侧得厉害的暴风，向白浪滔滔的海上疾驶而去。接着大雨就把船遮没了。

"风暴一过去它们就会回来的。"托里奇说，"我们最好离开这里。"

"气压计恐怕又下降了一点。"林奇船长说。他是个白胡子船长,已经年老退役。他住在希库厄鲁岛,觉得这地方对他的哮喘病最相宜。他走进屋里去看气压计。

"我的天!"他们听见他大声说,连忙跑进去,见他正盯着气压计的指针,一看才知道已经下降到二十九点二。

他们又走出来,焦急地观察海面和天色。暴风已经过去,但天空还是阴沉沉的。海面上,那两条双桅帆船正张满帆,和另外一条双桅帆船一起驶回。忽然风向一变,船上的人连忙放松帆索。只过了五分钟,风又朝相反的方向猛一刮,三条船就吃着逆风寸步难行,站在岸上的人可以看见帆的下桁的索具突然松开或者完全散掉。拍岸的浪涛声响亮、沉闷,惊心动魄,大片大片地涌向岸边滚滚而来。一道贼亮的闪电在他们眼前一展,阴暗的白昼被照得通明,接着可怕的雷声就在四周狂暴地隆隆响起。

托里奇和列维拔腿向他们的小艇跑去,后者一步三摇地向前跑,活像一匹惊惶逃窜的河马。他们的小艇从礁湖口疾驶而出时,正好和进湖的"奥雷"号的小艇擦身而过。拉乌尔站在进湖小艇的船尾掌舵,一边给划桨的水手打气加油。他是因为心里老放不下那颗珠子,正回来去接受马普西提出的一栋房子的交换条件。

他靠岸的时候,正遇上一阵猛烈的雷飑,风狂雨骤,直到和胡鲁-胡鲁迎面撞上,才看见那个土人。

"太晚啦。"胡鲁-胡鲁大声喊道,"马普西作一千四百块智利大洋把珠子卖给了托里奇,托里奇作两万五千法郎卖给了列维。列维会把它拿到法国去卖上十万法郎。你有草烟吗?"

拉乌尔松了口气。他再也不需要为这颗珠子牵肠挂肚了。

大作家讲的小故事

但是他不相信胡鲁-胡鲁的话。马普西倒是完全可能把珠子作一千四百智利大洋卖掉，但是列维是个懂珠子的行家，居然会出两万五千法郎去买，却是天方夜谭。拉乌尔决定去见林奇船长，向他打听这件事。他走进这个老海员的家里，发现他正瞪大眼睛看气压计。

"你瞧着是多少？"林奇船长焦急地问。他擦了擦眼睛，又吃力地去看气压计。

"二十九点一。"拉乌尔回答，"从来没有见过这么低的气压。"

"谁说不是！"船长哼了一声说，"我从小到大，五十年里闯遍了多少汪洋大海，从来没有见过气压降到这么低。你听！"

他们静静地站了一会儿，只听见裂岸的惊涛如千军万马，屋子都为之震颤。他们走出屋子，风暴已经过去。他们可以看见"奥雷"号停泊在一哩之外，在波涛汹涌的海面上颠簸、摇晃，而浪涛气势壮观地从东北方向滚滚而来，轰然撞击在珊瑚岸上。小艇上一个水手指着礁湖口摇了摇头。拉乌尔一看，只见那边浪涛澎湃，水花飞溅，白花花的一片。

"船长，看来我今晚只好和你过夜啦。"他说。然后又转身吩咐那个水手把小艇拖上岸，再给他自己和几个伙计找个安身之处。

"正好二十九。"林奇船长又看了一回气压计，这时正提着一张椅子从屋里出来，报告了结果。

他坐下来，两眼瞪着壮观的大海。这时太阳出来了，天气更加闷热难当，空中还是没有一丝风。海浪的声势却有增无减。

"无缘无故这么大的涌真是莫名其妙。"拉乌尔嘟哝着，心里很恼火，"没有一点风，可你瞧瞧那边，那个大浪！"

一个几哩长的大涌，以雷霆万钧之势撞击这个单薄脆弱的环礁岛，像地震一样使它摇撼。林奇船长吓了一跳。

"天老爷！"他一声惊叫，从椅子上欠起身，又猛地跌坐下去。

"奇怪的是又没有风。"拉乌尔还是这样说，"要是风浪一起来，倒也没有什么奇怪的。"

两人坐在那里一言不发。他们的皮肤上渗出无数细小的汗珠，这些汗珠聚成许多水斑，水斑又汇成一道道细流，淌到地上。他们都喘着气，老船长呼吸尤其困难。一个大浪冲上海滩，冲击着一棵棵椰子树的树干，几乎涌到他们的脚边，才退下去。

"远远超过了最高水位。"林奇船长说，"而且我在这里已经住了十二年。"他看了看表，"现在是三点钟。"

一个男人和一个女人，后面跟着一群五花八门的小孩和劣等狗，凄凄惨惨地走了过去。他们走过屋子就停下来，犹豫了好一会，才坐到沙地上，只过了几分钟，从相反方向又走来一家人，男人和女人带着杂七杂八的家用物品。不一会儿，船长的屋子周围就聚集了几百号人，男女老少都有。船长大声问一个刚到的抱着个吃奶婴儿的女人，才知道她的屋子刚才给冲到礁湖里去了。

这里是周围几哩之内地势最高的地方，可就在屋子两边好些地方，巨大的海浪汹涌而至，完全涌过窄窄的礁环，泻到湖里。环礁岛周长二十哩，没有一处的宽度超过三百呎。目前正是采珠旺季，这里聚集着来自四面八方的小岛，甚至像塔希提这样远的地方的居民。

"眼下这里有一千二百人，男女老少都有。"林奇船长说，"不知道明天早上还能剩多少。"

大作家讲的小故事

"可为什么不刮风?我不懂的就是这个。"拉乌尔问道。

"别着急,小伙子,别着急。马上有你的好看。"

就在林奇船长说话的时候,一个巨浪冲上了环礁岛。海水在他们的椅子四周翻腾,足足有三吋深。那一大群妇女吓得低声哀哭起来。小孩一个个两手十指交错地紧握,瞪着滔滔巨浪,伤心地哭着。那些鸡和猫,本来在水里惊惶乱窜,忽然不约而同、争先恐后地逃到船长的屋顶上避难去了。一个帕莫塔斯人用篮子提着一窝刚生下的小狗崽,爬上一棵椰子树,把篮子系在离地面二十呎的地方。母狗急得围着树在水里瞎折腾,时而呜呜哀号,时而汪汪直叫。

天空仍然阳光灿烂,没有一丝风。他们坐在那里,看着滔滔海浪和疯狂颠簸的"奥雷"号。林奇船长目不转睛地看着巨浪排山倒海,汹涌而至。到后来看不下去了,就用手遮住脸,进了屋子。

"二十八点六。"他出来时轻轻地说。

他一只胳膊抱着一圈细绳子。他把绳子割成十二吋长的一段段,给了拉乌尔一段,自己留一段,剩下的分给那些妇女,叫她们各自找一棵树爬上去。

一阵微风从东北方向刮来,吹拂在拉乌尔的脸上,使他精神为之一爽。他看见"奥雷"号整理帆索掉头向大海驶去。后悔自己没有在船上。这条船不管怎样都会逃回去,可这个环礁岛……一个大浪越过礁环,涌到湖里,几乎一下把他冲倒。他赶紧挑了一棵树,准备爬上去。这时他忽然想起了气压计,连忙朝屋里跑。在外面碰上林奇船长正好也为此事往回赶,于是两个人一起进了屋。

"二十八点二。"老船长说,"这里要出大事——这是什

么?"

空中似乎充满着一种急速流动的声音。屋子急剧地抖动着,耳里听到一种宏大、低沉的嗡嗡声。窗户格格地响个不停。有两块玻璃碎了,一阵狂风猛刮进来,吹得他们东倒西歪。对面那扇门呼的一声关上,把碰锁震得四分五裂。门上的白色把手碎成好几块,跌落在地板上。房间的墙壁鼓起来,像一个被猛地吹胀的气球。这时又听到了一种新的声音,噼里啪啦地像放了一阵火枪,其实是一个大浪的浪花拍击着屋子外面的墙壁。林奇船长看了看表,时间是16点。他随手穿上一件厚绒呢上衣,从钩子上取下气压计,塞进一个大口袋里。又一个大浪嘭的一声打在屋子上,这栋势单力薄的房子一歪,在屋基上转了九十度,就垮了下去,地板翘起有十度高。

拉乌尔头一个跑出来。一阵狂风袭来,差点把他卷走。他注意到风向已变,正从东边刮来。他猛一使劲,扑倒在沙地上,蜷缩在那里,和风较着劲。林奇船长像一束稻草一样被风吹过来,扑到他身上。"奥雷"号的两个水手,离开他们死死抱住的一棵椰子树,赶去搭救。他们顶着风,身体几乎挨着地面,双手拼命乱抓,一吋一吋地向前蹭。

老头子关节僵硬,爬不了树,两个水手就把几截短绳子接起来,把他往上拉,每次拉上去几呎,终于把他拉到树梢捆上,离地面有五十呎高。拉乌尔把自己那一截绳子绕到邻近一棵树的下部,自己站在那里观望。风刮得真吓人。他做梦也没有想到风刮起来会这么厉害。一个大浪漫过礁环,泻到湖里,把他膝盖以下打得透湿。太阳不见了,暮色已经降临,一片铅灰色。几滴雨横扫过来,打在他身上,像铅子一样重。一片带咸味的浪花扑在脸上,他好像挨了一巴掌。脸上火辣辣的,眼

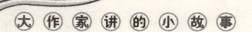

大作家讲的小故事

睛生疼,泪水不知不觉流出来了。这时,好几百个土人都爬上了树。他瞧着树梢上吊着那么多像累累硕果一样的大活人,心里直想笑,但他没法笑出来。他是个土生土长的塔希提人,眼下他只好使出当地人的绝招,弓起身子,双手拖住树干,脚板抵着树身靠近手的地方,像走路一样往上爬,到了树梢,他发现那里已有两个妇女、两个小孩和一个男人。一个小女孩还紧紧地抱着一只猫。

他从自己居高临下的位置向林奇船长挥了挥手,那个年高德劭的老把式也向他挥挥手。拉乌尔一看天上,不由得魂飞魄散。天已经压得很低——好像就在头顶,而且已经由铅灰变成漆黑。有许多人仍在地上,成群地围着一棵棵树硬撑着。有几棵树下的人群正在作祷告,其中一棵树下,一个摩门教的传教士正在对大伙说教。忽然,他耳里听到一种声音,这是一种有节奏的令人毛骨悚然的声音,像远处一只蟋蟀的叫声一样缥缈,虽然瞬息即逝,却莫明其妙地使他想起天堂的仙乐。他向四周看了一眼,只见另一棵树下,一大堆人用绳子缚着,或者互相抱着和风较着劲。他看见他们的面孔和嘴唇不约而同地动着,动得那么整齐。他听不见什么,但他知道他们是在唱赞美诗。

风愈刮愈猛。他已经无法凭感觉估计风力的大小,因为这风早已超出他的经验范围。尽管如此,他本能地知道风越来越猛烈。离他不远的地方,一棵树被连根拔起,挂在树上的人全被摔下地。一个大浪横扫过那一段窄窄的沙地,他们就不见了。一切发生得那么快。一转眼他就看见白浪翻腾的湖面上露出一只褐色肩膀和一个黑脑袋,一眨眼,连这个也看不见了。别的树也一棵棵被风刮倒,像火柴一样横七竖八地倒在地上。风力之大使他惊愕。他待的那棵树也摇摆得吓人,一个女人紧紧抱住小女孩哀哀哭叫，小女孩仍然搂着猫不松手。

那男人手里抱着另一个小孩，这时他碰了碰拉乌尔的胳膊，指了一指。拉乌尔一瞧，只见百码开外的那座摩门教堂，像醉汉似的东倒西歪向前飞跑。它已经脱离地基，被狂风巨浪推着、涌着，向湖里冲去。忽然，一个骇人的巨浪排山倒海地压过来，冲得它一歪，使它猛地撞到五六棵椰子树上。一堆堆挂在树上的人像成熟的椰子一样纷纷落地。浪一退，就看见他们都在地上，有的躺着一动不动，有的还在痛苦地扭来扭去。不知为什么，他们使他想到蚂蚁。他并不感到震惊。他已经不知道恐惧。当他看见下一个浪头把这些残存者从沙地上冲得无影无踪时，他丝毫不感到奇怪。第三个浪头比他以前看到的浪头都要大，把教堂猛地扫进湖里，使它一半露出水面，顺风漂到视野模糊的地方，那光景他觉得活像诺亚方舟①。

他用目光搜寻林奇船长的屋子，才猛地发现它不见了。事情的确瞬息万变。他注意到还没有刮倒的树上的那些人，好多已经下到地上。风势又大了一些。这一点从他自己待的那棵树就可以看出。这棵树不再是东倒西歪，前仰后合，而是基本上定了形，它那被狂风吹弯的树干绷得紧紧的，不再摇晃，只是振动。但是这种振动叫人直想呕吐。它令人想起音叉和单簧口琴舌簧的那种振动。这种振动频率太高，所以才使人感到这么难受。即使树根吃得住，这样的压力树干也承受不了多久，总得折断点什么才能收场。

啊！有一棵树已经刮断了。他没有看见是怎么断的，但是那儿只剩下了半截拦腰折断的树干。在这个时候，除非是亲眼目

---

① 基督教《圣经》上记载的诺亚所造的方形大船，诺亚一家及各种动物雌雄各一乘此方舟逃脱了大洪水之灾。见《旧约·创世纪》第5章第9节。

大作家讲的小故事

睁,否则就没法知道发生了什么事。树哗啦啦的劈裂声,人绝望的哀哭声,都被惊天动地的风浪声所淹没。他偶然朝林奇船长那边一望,正好看见下面这一幕。只见那棵树无声无息地拦腰断裂、脱离。树的上半截,连同"奥雷"号上的三个水手,还有老船长,随风向湖面上掠去。那半截树根本没有着地,而是像一截稻草一样刮得满天飞。他看着它飞出一百来码远,才落到水里。他睁大眼睛使劲地看,确信自己看见林奇船长向他挥手告别。

拉乌尔当机立断,不再等待。他碰了碰那个土人,打着手势让他下树。那人倒是愿意,但是他的女眷都吓瘫了,不能动弹,因此他情愿留下来陪着她们。拉乌尔把绳子绕到树上,抓住绳子往下溜。一股咸水从他头上泼过去。他屏住呼吸,死命抓着绳子。水退以后,他靠树干挡住风,透了口气。他把绳拴得更牢一些,忽然又一个浪头把他淹没了。有一个女的也从树上下来,和他待在一起。那个土人还在树上陪着另一个女的,还有那两个小孩和那只猫。

拉乌尔这个总代理早就注意到,那一堆堆围在别的树下的人在不断减少。现在他看到同样的过程正在他身边发生。他得使出全身力气才能抱住树身,和他一起的那个女的也已经体力不支。每次浪头退下去以后,他首先惊奇地发现自己没有被冲走,然后又惊奇地看到那个女的还在。终于有一回,浪头过后他露出头来,发现只剩下了他一个。他抬头一望,树梢也没有了。只有露出碴儿的下半截树干在不停地抖动。他现在安全了。树根依然扎得很牢,树上招风的部分却已经刮掉,他又开始往树上爬。因为浑身无力,他爬得很慢,浪头一个接一个地打到他身上,好不容易才爬到海浪打不到的高度。接着他把自己拴到树上,振作起来去面对黑夜和料想不到的一切。

在黑暗中他感到非常寂寞。有时他甚至感到世界末日已经来临，而他是唯一的幸存者。风刮得厉害了。风势是一个钟头一个钟头地增强。到了大约23点钟的时候，已经大得难以想象。它成了一个骇人的怪物，一个叫声凄厉的复仇精灵，一堵迎面扫来、不断推进的墙——这墙永远前移，无休无止。他仿佛觉得自己变得轻盈缥缈，觉得是自己在永无休止地运动，觉得有一种力量驱使他，使他以不可思议的速度冲过无穷无尽的固态一般的介质。那风不再是流动的空气。它已经变成像水和水银一样的实体。他甚至觉得可以把手伸进去，把它一块块撕下，就像把一头死鹿一块块撕开一样；觉得可以抓住它，把身体贴在上面，就像攀登悬崖峭壁一样。

风刮得他透不过气来。迎着风他根本无法呼吸，因为风直往嘴里和鼻孔里灌，像吹气泡一样把他的肺吹胀。每当这种时候，他就觉得有人正在往自己体内填实实在在的泥土，越填越满。他只有让嘴唇紧贴着树干才能呼吸。加上风不停顿地冲击，他已筋疲力尽，身心困顿不堪。他已没有视觉，没有思维，处于一种半昏迷状态。他唯一的朦胧意识是：原来飓风就是这个样子。这唯一的意识时隐时现，它像一道微弱的火光偶尔一闪。他往往从昏迷中清醒过来猛然意识到：原来飓风就是这个样子。接着又昏迷过去。

风势最猛的时间是晚上23点到凌晨3点。马普西和他的女眷死死缠着的那棵树就是在23点钟的时候刮断的。马普西浮上湖面的时候，还紧紧地抓着他的女儿恩加库拉。在这种令人窒息的狂风巨浪中，只有一个南海的岛民才能死里逃生。马普西依附着的那棵露兜树，在翻腾的白浪中不断滚动。他有时憋着劲，等待机会，有时飞快地换一把手。只有这样，才能使自己的头和

大作家讲的小故事

恩加库拉的头不时露出水面，而且间隔不是太长，能够维持呼吸。但是因为浪花飞溅，加上横扫而至的瓢泼大雨，那一点空气也大多是水。

从这里到礁湖对面那一线沙岸有十哩。那些死里逃生，侥幸来到对岸的可怜人，十停有九停被岸边飞舞翻腾的树干、木头、破船和房屋的残骸撞死。他们本来已经淹得半死，筋疲力尽，现在一下又被抛进这个风狂雨暴的捣臼里被捣成肉泥。但是马普西算命大，这种运气十个人里面只有一个碰到，而居然被他侥幸碰上了。他从湖里来到沙滩上，身上二十来处伤口在流血。恩加库拉的左胳膊断了，右手的手指也被砸得稀烂，脸和额头皮开肉绽，露出了骨头。马普西一手抱住一棵幸存的树硬撑着，一手抱着女儿，抽抽噎噎地喘着气，任凭湖水不时从身边涌过，没过膝盖，有时甚至没到腰际。

凌晨3点钟的时候，风暴倒威了。到5点时，只有一股劲风还在吹着。到6点时，已没有一丝风，阳光一片灿烂。海浪已经平息。礁湖岸边仍然湖水激荡，马普西看见那里有许多没能登上岸的人的残缺尸体。特法拉和诺瑞一定也在其中。他沿湖滨走着，一边仔细地辨认，果然发现了他的妻子，一半泡在水里，一半露在水面。他往地上一坐，哭起来，像原始人伤心痛哭一样，发出一种野兽般的号叫。忽然她不自在地动了一下，哼出了声。他凑上去仔细瞧了瞧，发现她不但活着，而且没有受伤。她不过是昏睡过去了。她也遇到了十个人里面只有一个人遇到的那种运气。

头天晚上还活着的一千二百个人里面，只有三百个人死里逃生。这个数字是那个摩门教传教士和一个宪兵一起统计的。礁湖里漂满尸体。没有一栋房子、一个茅棚不被刮掉。整个环礁岛上，找不出两块仍然垒在一起的石头。每五十棵椰子树里面只有一棵没被吹倒，而且它们都残缺不全，没有一棵树上还剩下一个椰子。淡水断了。那些汇集雨水的浅井全积满了海水。有人从湖水里打捞出几袋泡湿了的面粉。幸存者把吹倒的椰子树劈开，掏出树心来吃。他们在沙地上四处挖一些小洞，用铁皮屋顶的破片盖上，爬到里面去安身。传教士因陋就简造了一台蒸馏器，但是没法蒸馏出够三百人喝的淡水。第二天傍晚时分，拉乌尔正在湖里洗着澡，忽然感觉焦渴减轻了一点。他大声报告了这个新发现，一转眼，三百号人不分男女老幼全站到了齐脖深的湖水里，想利用皮肤来吸收一点水分。亲友的尸体就漂浮在他们的四周，还沉在湖底的就被他们踩上。第三天大家才埋好死去的亲友，然后坐下来等待前来救援的汽船。

却说诺瑞被飓风卷走，和家人失散以后，随波逐流，独自经历了一番风险。她抱住一块粗糙的木板，被它碰得遍体伤痕，浑身扎满木刺。忽然一个巨浪把她连人带木板从环礁岛上面抛过去，到了大海里。在海上，排山倒海的波涛不断猛烈冲击，木板被冲跑了。她是个年近六十的老太婆，但她是土生土长的帕莫塔斯人，自打生下来没有哪天不看到海。她在黑暗中游着，只觉得透不过气来，于是拼命喘息。游着游着，忽然肩膀被一个椰子重重地撞了一下。她立刻有了主意，赶紧把椰子抓住。在以后的一个小时内她又抓到了七个。她把这些椰子拴到一起，做成一个救生圈，虽然一方面救了她的命，另一方面也差点把她砸成肉酱。她是个胖子，皮肉容易受伤，但她见识过飓风，因此一方面祈求鲨神保佑她不被鲨鱼伤害，一方面等待风暴过去。可是到凌晨3点钟的时候她已经昏昏沉沉，不省人事。6点钟风浪平息时她仍旧昏迷不醒。直到海浪把她冲上沙滩

大作家讲的小故事

时她才猛地惊醒。她把皮开肉绽、鲜血淋漓的手足插进沙里，顶着退浪的冲刷，手足并用地往前爬，终于爬到了海浪冲不到的地方。

她知道自己到了什么地方。这块陆地准是那个叫塔可可塔的一丁点儿大的小岛。这个岛上没有礁湖，而且荒无人烟。希库厄鲁岛离此地有十五哩。她看不到希库厄鲁岛，但她知道它在南边。日子一天天过去，她只能靠那几只做过救生圈的椰子为生。喝的、吃的全靠这些椰子。但她不敢敞开肚皮喝，也不敢敞开肚皮吃。她对能不能得到救援毫无把握。她倒是看见过水平线上的救援汽船冒出的烟，可是谁能指望有条汽船会开到塔可可塔这个孤零零的荒岛上来呢？

自打她来到这儿，她就为那些尸体伤透了脑筋。海浪不断地把它们抛上她那一小片沙滩，她就不断地把它们拖回海里让鲨鱼去撕咬、吞食。后来她筋疲力尽，只好听之任之。于是尸体就在她那片海滩外围成一个半圆，令人毛骨悚然。她吓得躲开，尽量躲得远些，但再远也就那么远。

到第十天，最后一个椰子也吃完了，她渴得要命，好像人都要枯干了。她挣扎着一路顺着沙滩走，想找椰子。真奇怪，尸体浮起那么多，可就是没有椰子。照理浮起的椰子肯定要比死人多啊！最后她不得不放弃努力，疲惫不堪地躺下来。看来末日来临了。除了等死，没有别的办法。

她从昏迷中醒来，慢慢地意识到眼里看到的是一具尸体，尸体头上是一片浅棕带红的头发。海浪把尸体向她抛来，又把它带走。尸体翻了个个儿，她才看清脸没有了。但是那一片浅棕带红的头发总觉得眼熟。一个钟头过去了。在这一个钟头之内，她没有挣扎起来去弄清死者到底是什么人。她反正快死了，至于这具阴森可怖的尸体生前是什么人，和她毫不相干了。

然而这时她忽然坐起来，瞪着那具尸体。一个不寻常的大浪把它冲到了小海浪扑不到的地方。对，一点不错，整个帕莫塔斯群岛只有一个人长着这种棕红头发。这个人就是列维，那个德国籍犹太人，当初就是他买下珠子，搭"奥雷"号走了。看来这个珠贩子供奉的司渔、盗的神并没有保佑他。

她爬下沙滩，来到尸体跟前。他的衬衫被撕掉了，她看得见他腰上围着的那条放钱的皮带。她屏住呼吸使劲去扯皮带的搭扣。搭扣解开了，比她估计的要容易。于是她赶紧拖着皮带爬过沙滩。她把皮带上的口袋一个一个解开，发现里面都是空的。他把珠子搁到什么地方了呢？后来总算在最后一个口袋里找到了它。这是他这一趟收购的第一颗也是唯一的一颗珠子。她又爬开几呎，像逃避瘟疫一样离开那根皮带，然后仔细端详着那颗珠子。这颗珠子就是马普西采到，后来又被托里奇抢走的那一颗。她用手掂了掂它的分量，爱不释手地放在手里滚来滚去。但是她看到的不是珠子的天然美。她只是透过珠子看到了马普西、特法拉还有她自己一起苦心构思的那栋房子。她每看一次那颗珠子，那栋房子就历历在目，连墙上的八角挂钟都一清二楚。有这样一栋房子，才算没白过一世。

她从短裙子上撕下一条布，把珠子稳稳当当地拴到脖子上。接着她继续顺着沙滩往前走，虽然气喘吁吁，不停地哼哼，还是一门心思地找椰子。很快就找到一个。她往四周一瞧的当儿，又发现一个。她砸开一个，先喝完里面发了霉的汁水，又把椰肉啃得一干二净。过了不久，她发现了一条撞坏得很厉害的独木船。船上支桨的舷外托座不见了，但她坚信一定能找到。果然还不到天黑，托座就找到了。每找到一样东西都

大作家讲的小故事

是一个好兆头。那颗珠子确实是个护身符。傍晚时分,她看见水里有一只半沉半浮的木箱子。她把箱子拖上沙滩的时候,只听见里面的东西稀里哗啦地响。打开一看,原来里面是十听鲑鱼罐头。她拿起一听在独木船上砸着。等砸开一条缝,她先把里面的汤汁喝干,然后接连几个钟头又是砸,又是挤,把里面的鲑鱼一小块一小块地弄出来吃。

她又等了八天,希望有人来救援。在这段时间里,她把托座装回到船上,为了把它捆牢,她把能找到的所有的椰子纤维,还有自己的短裙子剩下的部分全用上了。独木船到处是裂缝,她根本没法让它不进水,她只得在船上放一个用椰子壳做的瓢来把水舀出去。没有桨,这一点使她着了难。后来她用一块罐头筒铁皮把自己的头发齐根割下,她用头发编了一根绳子,再从装鲑鱼罐头的木箱上弄下一块木板,用发绳把一截三呎长的扫帚柄绑到木板上。她又用牙咬出几个木销子,把捆的地方销紧。

第十八天的半夜时分,她趁着拍岸的海浪推船下了海,开始往希库厄鲁岛划。她已经是个老太婆,加上这些天来的折磨,身上的膘全掉了,只剩下骨瘦如柴的身体和几条细瘦的肌肉。那只独木船相当大,本来应该是三个壮劳力划的。现在是她一个人划,用的又是一支临时拼起来的桨。这还不算,船漏得很厉害,得花上三分之一的时间来舀水。白天光线很亮的时候,她四下里瞧,还是看不见希库厄鲁岛。在船尾方向,塔可可塔岛则已经隐没在水平线以下。火辣辣的太阳当空晒着她赤裸的身体,慢慢晒干她体内的水分。还剩下两听鲑鱼罐头。在这一天里,她把罐头砸开几个口子,喝干里面的汤汁。她没有工夫把里面的鱼肉弄出来。一股海流向西涌去,不管她是否坚持往南划,她都得随波逐流往西漂。

中午过后不久,她在独木船上站直身子,忽然瞧见了希库厄鲁岛。岛上茂密的椰林不见了,只看见这里那里稀稀落落几棵露出碴儿的残株。一看到希库厄鲁岛,她高兴极了,她没有想到自己离岛这么近。海流正在使她往西漂去。她拗着水流,不断地向前划。船桨上的销子划松了,隔不了多久就得把销子销紧,为这个花去不少时间。另外,还得把水舀出去。每三个钟头里就有一个钟头得停下桨来舀水。而在这段时间里,她一直往西漂。

到日落时分,希库厄鲁岛在她东南方,相隔三哩的光景。天上是一轮满月。20点钟的时候,岛到了她的正东,离她大约两哩。她艰难地继续划了一个钟头,可陆地离她还是那么远。这是因为她完全被海流所控制,加上独木船太大,桨又不好使,她还得舀水,浪费了许多时间和体力。尽管她使劲地划,独木船还是一直往西漂。

她向鲨神低声祷告了一下,就从船边下了水,开始游起来。水一泡,她反而有了精神,很快就把独木船抛在后面,游了一个钟头,陆地明显地近了许多。这时,一件可怕的事情出现了。在她眼前不到二十呎的地方,一片大鳍正破开水面前进。她不紧不慢地向它游过去,它却不慌不忙地游开来,转个大弯绕到右面,围着她转了一圈。她一面盯住这片鳍,一面向前游。那片鳍一消失,她就把脸贴着水面,注意水下的动静。等到鳍重新出现,她又游起来。这个庞然大物不爱动弹——这一点她看得出。

毫无疑问自从那场风暴以来它一直吃得很饱。她知道它要是非常饥饿,一定会毫不犹豫向她扑过来。它有十五呎长,她知道只要一口,它就可以把她咬成两截。

大作家讲的小故事

可是她不能在它身上浪费一点时间。她游也罢，不游也罢，海流总是使她离陆地越来越远。半个钟头以后，那条鲨鱼胆大起来。它看出她对它没有威胁，于是把绕的圈子缩小，向她逼近。当它从她旁边滑过时，还肆无忌惮地斜着眼去瞟她。她心里非常明白，鲨鱼迟早会鼓足勇气向她扑过来。她决定先下手为强。她心里划算的是一着铤而走险的棋。她知道自己已经是个老太婆，又是孤零零地一个人在海里，加上饥饿和困苦的折磨，浑身疲乏不堪，然而面对这只海上老虎，她必须先发制人，在它扑过来之前先向它扑过去。她一面继续游着，一面等待时机。机会终于来了，鲨鱼懒洋洋地从离她不到八呎的地方游过时，她猛地向它冲去，一副要攻击它的架势。它尾巴猛一摆，逃之夭夭，那砂纸般的鱼皮擦了她一下，把肘部到肩膀的皮肤擦掉了一块。它游得很快，兜的圈子越来越大，终于消失了。

在盖着破铁皮屋顶的沙洞里，马普西和特法拉躺着正在争吵。

"你要是照我说的去做，把珠子藏起来，谁也不告诉，珠子如今还在你手里。"特法拉数落过无数次，如今又念叨开了。

"可是我打开珠蚌的时候胡鲁-胡鲁正好在场——我不是不止千百次地告诉过你吗？"

"这下可好，房子也吹了。拉乌尔今天对我说，要是你没有把珠子卖给托里奇……"

"我不是卖的。是托里奇从我手里抢的。"

"……要是你没有把珠子卖给托里奇，他愿意出五千块法国大洋，那可是一万块智利大洋啊。"

"他问过他母亲。"马普西解释说，"他母亲是懂珠子的里手。"

"可如今珠子没啦。"特法拉抱怨说。

"可用它还清了欠托里奇的债。随你怎么说,我还是得了一千二百块钱。"

"托里奇人都死啦。"她大声叫起来,"他那条双桅帆船至今没有音信。那条船和'奥雷'号、'希拉'号一块完啦。托里奇答应过给你冲笔账,还算他欠你三百块钱。莫非他还能把这笔钱给你?就算你没有捞到那颗珠子,未必你现在还会欠他那一千二百块钱?没有那回事,托里奇人死了,欠死人的钱是没法还的。"

"列维也没有给托里奇现钱。"马普西说,"他只给了他一张字据,可以拿到帕皮特去兑现。如今列维也死了,钱当然也付不出了。托里奇死了,那张字据也一起丢了。那颗珠子呢,当然也和列维一块完了。特法拉,你说得对。我把珠子丢了,什么也没有得到。好啦,我们睡吧。"

说到这里,他忽然举起一只手,仔细听着。从屋子外面传来一个声音,好像是什么人在痛苦地喘着粗气。突然间一只手摸索到了当做门帘的草席上。

"什么人?"马普西喝道。

"我是诺瑞。"门外回答,"你能告诉我,我儿子马普西在哪里吗?"

特法拉吓得尖叫起来,死死抓住丈夫的胳膊。

"有鬼!"她吓得口齿不清地说,"有鬼!"

马普西的脸吓得蜡黄,十分可怕。他无力地抱着妻子。

"好老太。"他用尽量装出的声音,期期艾艾地说,"我和你儿子很熟。他住在湖的东边。"

门外传来了一声叹息。马普西得意起来。他总算把鬼骗过了。

大作家讲的小故事

"老婆婆,你从哪里来?"他又问。

"从海里来。"回答是那么没精打采。

"怎么样!怎么样!"特法拉尖叫道,身子抖得很厉害。

"从什么时候起,特法拉上别人家睡起觉来啦?"诺瑞的声音从草席外面传了进来。

马普西瞪了妻子一眼,目光里露出恐惧和责怪。就是她说话的声音露了马脚。

"又是从什么时候起,我儿子马普西不认自己的老娘啦?"门外那个声音又说。

"没有,没有,我没有——马普西没有不认你。"他大声说,"我不是马普西。我跟你说,他住在湖的东岸。"

恩加库拉在床上坐起来,哭了。当门帘的草席开始摇动。

"你要干什么?"马普西问道。

"我要进来。"诺瑞的声音说。

草席的一边掀开了。特法拉想钻到毯子下面去,但是马普西抓住她不松手。他得抓住个什么才行。两人一起撕扯着,全身发抖,牙齿打战,瞪圆了眼睛看着正在被掀开的席帘。他们看见诺瑞爬进来,身上海水直流,裙子也没有穿。两人吓得直往后滚,争着去取恩加库拉的毯子来蒙住头。

"你总该给自己的老娘一口水喝吧。"那个鬼伤心地说。

"给她一口水喝。"特法拉用颤抖的声音吩咐道。

"给她一口水喝。"马普西转而又吩咐恩加库拉。

两人一起踢着恩加库拉,她只好从毯子下面爬出来。过了一分钟,马普西偷偷看了一眼,只见那"鬼"正在喝水。接着她伸出一只发抖的手,搁在他的手上。他感到了那只手有分量,这才确信她不是鬼。他这才爬起来,把特法拉也拖出来。只过了几

84

分钟，诺瑞就对大伙讲开了自己的遭遇。当她讲到列维的事，把那颗珠子放到特法拉手里时，就连特法拉也相信婆婆的确还活着了。

"明天一早你就去把珠子卖给拉乌尔，得到那五千块法国大洋。另外，他答应算他还欠我们一千块法国大洋，也就是两千块智利大洋。"

"那房子会盖三十六呎长吗？"

"对。"马普西回答说，"三十六呎长。"

"当中那间房里还有那面八角挂钟？"

"对，外加那张圆桌子。"

"好啦，快给我一点东西吃吧，我可饿坏了。"诺瑞这一来心满意足了，"吃完了我们就睡，累死我了，明天我们先要再商量一下房子的事，再去卖珠子。那一千法国大洋最好要他付现钱。到做生意的人手里买东西，数现钱总比赊账好哩。"

赏析与品读

杰克·伦敦太喜欢叙述灾难了，可能是因为他本人的经历。他一生的冒险堪为传奇。这篇小说里，财富伴随着灾难而来。马普西在开蚌时得到一颗非常大的珠子，要一套房子的价。收购珠宝的拉乌尔没买来，可马普西欠托里奇的钱，叫托里奇便宜地抢去了，托里奇又卖给红头发的德国人列维。飓风来了，财富淹没了，岛上一千五百人剩了三百人，马普西的妈妈也被飓风刮跑了。她逃生到另一个小岛，遇到死去的红头发列维，找到了儿子的珠子。她逃生回来，又和儿子商量，珠子还卖给最初的买家拉

大作家讲的小故事

乌尔。

  这篇小说中,飓风虽然残酷,但读起来却没有压抑感,命运像是开了个玩笑,财富失而复得,马普西一家人梦想的房子终于又有希望实现。杰克·伦敦曾经做过船员,对于风暴、严寒、鲨鱼等海上的风险有过真切的体验,在这篇小说中,他将这一切栩栩如生地描绘出来,使人仿佛身临其境。

叛 逆

● *带着问题读一读，你会收获更多* ●

1. 约翰尼计算自己做工时有多少个动作，他为什么要计算这个？这对他后来的决定有什么影响？
2. 小说名为"叛逆"，你认为约翰尼的举动是叛逆吗？为什么？

大作家讲的小故事

我现在强打精神来上班,
上帝保佑我不要当懒汉。
万一我不到天黑就报销,
上帝保佑我的活儿没毛病挑。
阿门。

"约翰尼,你再不起来,就别想吃一口东西!"

这个威胁对孩子毫无作用。他仍旧赖着不想醒来,尽量想多迷糊一会儿,就像做梦的人只想做好梦一样。孩子的双手松松地握着,还有气无力地、抽搐一般地对空中挥了几下拳头。他本来是想打母亲,但她好像司空见惯,不当一回事儿,只是避开拳头,抓住他的肩膀重手重脚地摇着。

"别烦我!"

这一声起初闷声闷气,睡意沉沉,但马上提高了调子,还带着哭音,充满敌意,而后又低沉下去,变成了含混的呜咽。这是一种野兽般的嗥叫,仿佛心灵备受折磨,充满无限的委屈和痛苦。

可是她不予理睬。她是个眼神忧伤、脸色疲惫的女人,对每天这种少不了的例行公事已经习惯。于是她抓住他的被子,想把它扯掉。孩子不再挥拳头,赶忙死死地抱住被子。他在床铺搁脚的那头缩成一团,被子还蒙在身上。接着她想把他连人带被拖下地。孩子拼命撑着。她一咬牙较上了劲。她身体重、势头大,蒙着被子的孩子吃不住了,只好本能地跟着被子走,怕被子一抽走房间里逼人的寒气把自己冻着。

他给拖到了床边,眼看非得一个倒栽葱,摔到地板上不可。

不过这时他几经努力，终于清醒过来。他慌忙纠正了姿势，摇摇欲坠地晃荡了一下，然后双脚着地，落到地板上。他母亲马上抓住他的肩膀摇起来。他又挥出拳头，这一回打得更狠、更准，眼睛也随之睁开。她松了手。他总算醒过来了。

"好吧。"他嘟哝着。

她端起油灯匆匆走了出去，把他一个人留在黑房间里。

他对黑暗毫不在意。他穿好衣服，就来到厨房里。他那么瘦小、单薄，步子却很重。两条瘦得皮包骨的腿，似乎重得不合情理，走起路来拖不动。他拖过一把椅面破了的椅子，在桌旁坐下来。

"约翰尼！"母亲厉声叫道。

他猛地站起，一声不吭地走到洗涤槽那儿。洗涤槽油腻腻、脏兮兮的，排水口冒出一股臭气。对他来说，洗涤槽冒臭气是理所当然的，就像那让洗碟子的水弄得满是油垢的肥皂洗不出泡沫是理所当然的一样。他也不去劳神让肥皂擦出泡沫。他就着龙头流出的冷水哗啦啦洗了几把，就算大功告成。他没有刷牙。谈到刷牙，他从来没有买过一把牙刷，也不知道世界上居然还有人傻得冒气，要去刷什么牙。

"你一天洗回把脸还得要人叫。"母亲埋怨说。

她一只手按着破壶盖，倒出两杯咖啡。他没有吭声，因为这是每天必有的数落，而且唯独在这一点上他母亲寸步不让。每天洗"回把"脸是他非做不可的事。他用一块又湿又脏的油腻腻的破毛巾揩揩脸，揩了一脸的棉绒。

"要是我们住的地方不是这么老远就好了。"她一边说，一边坐下来，"不过我是尽量做好的。这个你心里明白。能省一块钱房租也不容易，何况这里房子也宽敞些。这个你心里明白。"

他没有去听她唠叨。这一套他以前听过好多次。她想的事

大作家讲的小故事

情就那么一些，每次都离不开念叨住的地方离纱厂太远，吃够了苦头。

"多一块钱就多一口吃的。"他直截了当地说，"我宁可多走几步路，多吃一口东西。"

他急急忙忙地吃着，面包到口里只稍微嚼几下，就用咖啡把没有嚼碎的面包冲了下去。他们把那种滚热的浑浊液体叫咖啡。约翰尼认为那就是咖啡——是呱呱叫的咖啡。他的生活中还留下不多的几个美好的幻觉，而这就是其中之一。他自打生下来就没有喝过真正的咖啡。

除了面包，还有一小块冷猪肉。母亲又给他倒上一杯咖啡。面包快吃完了，他开始留心，看还有吃的没有。她迎着他探询的目光，瞪了他一眼。

"好啦，约翰尼，别那么害了饿痨一样。"她数落道，"你自己的一份吃完啦。你弟弟妹妹都比你小。"

他没有反驳。他不大说话。他也不再如饥似渴地张望，想多点吃的。他任劳任怨，他的耐心像教他学会忍耐的社会大学一样可怕。喝完咖啡，用手背揩了一下嘴，就准备起身。

"等一下。"她慌忙说，"我想那个大面包还可以切一片给你——一片薄薄的。"

她玩了个手法，一本正经地装作从大面包上切下一片给他，却又把那个面包和切下的那一小片放回面包盒，而从自己的两片中拿一片给他。她相信自己骗过了他的眼睛，可他注意了她变的戏法。尽管如此，他还是厚着脸皮接过那片面包。他有一种理论，认为母亲常年病恹恹的，反正也吃不了什么。

她看到他干嚼着面包，于是伸手拿过自己那杯咖啡，倒在他的杯子里。

远处传来一声长长的尖利的汽笛声，母子俩一齐站起来。她看了一眼在搁架上的铁皮闹钟。时间是5点半。这个工厂区其余的人刚从睡梦中醒来。她赶忙搭上披肩，戴上一顶扁沓沓、脏兮兮的老式帽子。

"我们得赶紧跑。"她说着，顺手把灯芯捻下去，从灯罩顶向下吹了口气。

他们摸黑走出房间，下了楼梯。天气晴朗而寒冷，外面的冷气使约翰尼打了一个寒噤。天上的星星还很明亮，城市笼罩在黑暗中。约翰尼和他母亲都是拖着步子走路。他们的腿软搭搭的，根本没法把脚提起。

默默地走了十五分钟，他母亲转了弯，向右边走去。

"别迟到了。"她最后叮嘱了一句，就消失在黑暗中。

他没有回答，只顾走自己的路。这里是工厂区，他走到哪里都看见有人开门，不久就有了一大群人，和他一道在黑暗中向前赶。他走进工厂大门时，汽笛又叫了一次。他瞧了一眼东边，由无数屋顶构成的参差不齐的天际线那边，刚刚现出一点鱼肚白，他就看到这么一点白昼，然后掉过头，跟着一群工友走了进去。

他在许多长排机器中找到自己的位置。面前是一个木匣，里面装满小筒子，上面有许多大筒子在飞速转着。他的工作就是把小筒子的纱绕到大筒子上。这活儿不要动脑筋，只需手脚快，小筒子上的纱一会儿就被大筒子绕完了。需要照料的大筒子又那么多，简直没有闲着的时候。

他不假思索地干着活。每当一个小筒子的纱绕完，他就用左手当刹车把大筒子停下来，一边用拇指和食指捏住飘动的纱头。与此同时，他用右手捏住另一个小筒子露在外面的纱头。这一系列动作是同时用双手飞快完成的。接着只见他双手一闪，纱头就

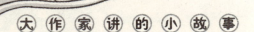

大作家讲的小故事

接好了，筒子又转起来。接纱头并不难，有一回他还夸过口，说他睡着都能接。说到这个，他有时倒的确如此，光一个晚上就梦见自己没完没了地接了无数的纱头，好像这样辛辛苦苦地干了几百年。

有几个孩子爱磨洋工，小筒子上的纱放完了也不换上新的，这样来浪费时间，让机器空转。不过专门有个监工，不准他们这样做。他发现约翰尼旁边那个孩子在这样磨洋工，就甩了他一个耳光。

"你看看那边约翰尼——你干吗不学学人家？"监工怒气冲冲地问。

约翰尼的筒子转得飞快，但这种间接的称赞并没有使他特别高兴。他也曾经为此得意过……不过那是很久很久以前的事了。当他听着人家把他当做一个光辉的榜样来提起时，脸上没有任何表情。他是那种无可挑剔的工人，他心里明白这一点，因为别人经常对他这么说。这句话已经变得很寻常，而且对他不再有任何意义。他已经从一个无可挑剔的工人变成了一架十全十美的机器。如果他干的活出了毛病，就跟机器干的活出了岔子一样，全因为原料不好。他不可能出差错，就像十全十美的制钉机不可能压出不合格的钉子一样。

而且这一点也不稀奇。从来没有哪个时候他不是和机器紧密地联系在一起。机器简直融进了他的血肉，起码可以说他是开着机器长大的。十二年以前，这家小小纱厂的织布车间里，曾经出现过一阵小小的骚动。约翰尼的母亲突然昏过去了。大伙把她平放在地板上，四周一片机器轰鸣。叫来了两个在织布机前干活的年纪大一点的女人，领班也来帮一把。只过了几分钟，织布车间里就多出了一个小生命。这个小生命就是约翰尼。一落地,他耳朵里听到的就是织布机的乒乒乓乓、咔嚓咔嚓的声音,呼吸的就是飘着棉绒的温暖潮湿的空气。他出生的头一天就因为肺里吸进了棉绒而咳嗽,也由于同样的原因,后来咳嗽一直没停过。

约翰尼旁边干活的那个孩子在抽抽搭搭地哭。他看到监工在老远的地方用威胁的目光盯着自己,脸都气歪了。这孩子对着面前飞快转动的筒子恶狠狠地大声诅咒,但他的声音五六呎以外就听不到,因为它像被墙隔绝了一样,淹没在车间的轰鸣声里。

约翰尼对这一切视而不见。他自有一套适应环境的办法。另外,事情出现的次数多了就会单调乏味,而这件事他已经见过不知多少回。就他看来,去和监工作对,就像反抗机器的运转一样,是白费力气。人造出机器,就是要它们以一定的方式运转,去完成一定的工作。监工的情况也是如此。

11点钟的时候,车间又是一阵紧张。这种紧张情绪以一种表面看来很神秘的方式波及每一个角落。在约翰尼那边干活的一个只有一条腿的孩子,一拐一拐地飞快地走到一辆运筒子的空平台车跟前。他连人带拐杖一下子钻进去,藏了起来。原来工厂的厂长正陪着一个年轻人走过来。年轻人穿着考究,衬衫都是浆过的——照约翰尼把人分成三六九等的办法,他一定是上等人,而且是"督察"。

年轻人一路走过来,一边用逼人的目光打量那些孩子。有时他还停下来问几句话。每当问话时,他不得不扯开嗓子,放声大喊。这时,为了拼命提高嗓音,他的脸都扭歪了,显出一副滑稽的样子。他敏锐的目光注意到约翰尼旁边那部机器在空转,但没有吭声。他也看到了约翰尼,猛然站住了。他抓住约翰尼的胳膊,把他从机器跟前拖开了一步。忽然他一声惊叫,松开了约翰

大作家讲的小故事

尼的胳膊。

"简直是皮包骨。"厂长笑了一声，好像有点担心。

"瘦得像根烟管。"督察接上腔，"瞧那两条腿。这孩子害了佝偻病——还是早期，不过总归是得上了。到头来他要不是死于癫痫，就是因为肺痨先让他送命。"

约翰尼听着他们谈话，心里莫名其妙。而且他对将来的灾祸并不关心，因为眼皮底下就有一场更严重的灾祸，这就是那个督察。

"喂，小鬼，你对我说实话。"督察弯下腰贴近孩子的耳朵尽量大声地喊道，"你今年多大啦？"

"十四岁。"约翰尼说了谎，而且是用足力气喊出来的。他说话使的劲太大，引起一阵急剧的干咳，把整个上午吸到肺里的棉绒都翻了出来。

"看样子起码有十六岁。"厂长说。

"甚至是六十岁。"督察脱口而出。

"他老是这个样子。"

"有多久了？"督察马上追问说。

"有好几年了，总不见长大一点。"

"大概也没有变小。他这些年一直在这里干活吧？"

"说来了就来了，说走了就走了——不过，那时新法还没有出来。"厂长赶忙补充说明了一句。

"这部机器闲着。"督察指着约翰尼旁边那部没人的机器问，机器上那些只绞上一半纱的筒子正在发疯般地飞转。

"好像是的。"厂长打着手势让监工过来，冲着他的耳朵大声说着什么，一边指了指那部机器。"这部机器是闲着。"他向督察报告说。

他们往前走了，约翰尼又干起活来，因为逃脱了这场灾祸而松了一口气。然而那个缺一条腿的孩子却没有这么走运。那个眼睛很尖的督察一伸胳膊把他从平台车里拖出来。他的嘴唇哆嗦着，像一个大祸临头的人一样吓得面如土色。工头无比惊讶，仿佛是头一次看见这个孩子似的。厂长则是一脸的震惊和恼怒。

"我认识他。"督察说，"他今年十二岁。我把他从三家厂子开除过。这是第四家了。"

他转过脸对缺一条腿的孩子说："你答应过我，还起过誓，说你要去上学的。"

缺一条腿的孩子哇的一声哭了："对不起，督察先生，我们家里已经饿死了两个娃娃，我们穷得实在没有法子。"

"你干吗咳成那个样子？"督察质问道，那口气就像那孩子犯了罪似的。

缺一条腿的孩子好像为抵赖罪行一样回答道："没有什么，只不过是上个星期受了点凉，督察先生，没有别的。"

最后督察把缺一条腿的孩子带出了车间，厂长满脸焦急地一面争辩着，一面跟了出去。随后车间又恢复了以前的单调。上午显得很长，下午显得更长，但终于都挨过去，响起了下班的汽笛。约翰尼走出工厂大门时，黑夜已经降临。在上工的这段时间里，太阳一步步爬到天顶，把普济世人的温暖洒遍大地，然后西沉，落到由参差不齐的无数屋顶构成的天际线下。

晚饭是一天里全家人在一起吃的唯一一顿饭——约翰尼只有吃晚饭的时候才能碰上几个弟弟妹妹。这种聚会往往有点磕磕碰碰，因为他太老成，弟妹们则少不谙事，叫人着急。他无法忍受弟妹们那种过分的、简直不可思议的孩子气。他简直觉得这无法理解。他自己的童年早已逝去。他像一个老成而脾气坏的大人，

大作家讲的小故事

对他们年少幼稚的打闹不胜其烦。对他说来，这种打闹实在是愚不可及。他板着面孔，一声不响地吃着，一想到弟妹们不久也得去做工了，心里就得到某种安慰。他们只要一做工，锋芒就会磨掉，就会变得沉着、稳重——和他一样。约翰尼就是这样，如人之常情，以自己为尺度，去衡量世间的一切。

吃饭的时候，母亲千方百计地、唠唠叨叨地老说自己在想尽办法使日子好过一点。约翰尼不胜其烦，那少得可怜的几口饭一吃完，他就一推椅子站起身，感到松了口气。他犹豫了一下，不知到底是去睡觉还是到屋子外面去，最后还是走出屋子。他没有走好远。一出门就在台阶上坐下，撑着膝盖，缩着窄窄的肩膀，胳膊肘搁在膝头，双手托着下巴。

他坐在那里什么也不想。他只是在休息。就他的脑子而言，也可以算在睡觉。弟弟妹妹跑出来，和其他几个孩子在他周围吵吵闹闹地玩耍。街道拐角处一盏路灯照着，他们玩得很开心。他脾气坏，一逗就急，这一点孩子们心里明白，但他们还是忍不住要冒险去逗弄他。他们手牵手站在他面前，一边有节奏地晃动着身体，一边当他的面念出一串挖空心思想出来的刻薄词儿。开头他只是破口大骂——用的是从各种各样的工头嘴里学来的骂人话。后来，他看到骂不起作用，于是干脆随这些毛头孩子怎么骂都不理睬，免得失了自己的人格。

这群孩子的头是他的大弟弟威尔，刚刚满了十岁。约翰尼对他根本没有好感。他从小由于不断为威尔作出牺牲和让步，对他一直充满怨愤。他明确地认为威尔受了他的恩惠，却忘恩负义。在他朦胧的记忆里，当他自己还是孩童的时候，就因为不得不照料威尔而被迫牺牲大部分的玩耍时间。那时威尔还是个吃奶的娃娃，他母亲和现在一样，整天在纺织厂做工。约翰尼只好担当起

小父亲和小母亲的责任。

他的牺牲和让步明显地使威尔获益。威尔长得身体结实，十分粗壮，个子和哥哥一样高，甚至比哥哥还重，仿佛哥哥的精血注入了弟弟的血管。两人的精神也同样天差地别。约翰尼总是没精打采，疲乏不堪，毫无生气，而弟弟却似乎洋溢着青春的活力。

孩子们越来越起劲地念着词儿取笑他。威尔一边伸出舌头，一边手舞足蹈地向他靠近。约翰尼猛地伸出左胳膊，一把搂住威尔的脖子，随即对准他的鼻子挥出皮包骨的拳头。这个拳头瘦得真可怜，可揍起来够厉害，弟弟疼得大声尖叫。别的孩子吓得大哭。约翰尼的妹妹珍妮早已跑进屋去。

约翰尼一把推开威尔，恶狠狠地踢他的小腿，又揪住他使劲一推，把他摔了个狗吃屎。这还不算，他又按着威尔的脸在灰里来回搓了好几次，这才松了手。这时他那个病恹恹的母亲有气无力地匆匆赶来，又是急，又是心疼，又是气愤。

"他干吗要惹我？"约翰尼挨了骂还嘴说，"我累坏了，难道他没有看见？"

"我跟你一样大了。"威尔气急败坏地在母亲怀里喊道，泪水、灰尘、鲜血糊了一脸，"我如今跟你一样大了，我还会长得更大。到那时我就揍你——我要不揍你才怪。"

"你既然长大了，就该去做工。"约翰尼吼道，"你的毛病就出在这里。你该去做工。妈应该让你去做工。"

"他还小啊。"她争辩说，"他还是个小不点儿的孩子呢。"

"我刚做工的时候比他还小。"

约翰尼张着嘴，还想诉说一番心中的委屈，但忽然闭上了。

大作家讲的小故事

他阴沉着脸一转身，三步两步跨进屋子睡觉去了。房门开着，好让厨房的暖气进来。他在昏暗中脱衣服的时候，听见母亲正和一个来串门的邻居说话。母亲在哭，一边诉说着，一边有气无力地抽泣。

"我不明白约翰尼为什么变了。"他听见母亲在说，"他从前可不是这样。那时他简直是个小天使，脾气好得不得了。"

"当然他现在也是个好孩子。"她赶紧为他说上一句，"他干活一直老老实实。他出去做工的时候，年纪也太小。不过我也是没法子。我敢说自己也算尽了力。"

第二天早晨，他硬是被母亲从睡梦中拖起。吃完那微薄的早饭，他就摸黑赶路。远处一排排屋顶上空天刚破晓，他已经转过身走进工厂大门。这是无数日子中的又一天，一年到头天天如是。

他的生活中也有过变化——那是在他改换工作或是生病的时候。他才六岁的时候，就当上了威尔和更小的弟妹的小母亲、小父亲。七岁就进了纺织厂——在厂里绕筒子。八岁时在另一家厂子找到了活干。他新找到的活计简直太容易了。他只要坐在那里，手里拿一根小棍子，拨弄拨弄源源不断从面前经过的布匹。这源源不断的布匹从一架机器肚子里吐出来，经过一个热得烫人的滚筒，就流到别的地方去了。而他老坐在一个地方，永远见不到天日，头上一盏亮晃晃的煤气灯照着，他自己和整个机器设备融为一体。

尽管那地方又潮又热，他还是非常喜欢这个活计，因为他当时年纪还小，有许多美梦和幻想。他一边看着流动的布匹源源不断地经过，一边做着一个又一个的美梦。但是这个活整个儿不用花力气、动脑筋，因此他的梦想越来越少，脑子也变得迟钝、倦怠。即使这样，他还是每个星期能挣上两块钱。有没有这两块钱可大不相同，有了能半饥半饱、苟延残喘，没有则完全断粮、坐以待毙。

到九岁上他就丢了这份工作，原因是出麻疹。身体复原以后，他在一家玻璃厂找到了活干。挣的钱多了一点，那活也需要技术。那是计件的活，他技术越熟练，挣的钱就越多。这里面有物质刺激的因素。由于这种刺激，他成了一个非常出色的工人。

活很简单，就是把玻璃塞子放进瓶子里扎牢。他腰里系着一捆麻线，为了腾出两只手来干活，他把那些瓶子夹在两个膝头中间。就这样老是撑着膝盖坐着，向前弯着腰，两个窄窄的肩胛骨向后凸起，胸部受到挤压，这样每天一坐就是十个钟头。这对他的肺部很有害，但他一天能扎三百打瓶子。

他为厂长露了脸，厂长很得意，常常带些参观的人来瞧他干活。在十个钟头里，经他的手扎好的瓶子有三百打。这说明他的操作已经像机器一样准确熟练，完全没有一点多余的动作。他那瘦胳膊的每一次运动，细指头上肌肉的每一次动弹，都是又迅速又准确。他工作时总是高度紧张，结果变成了神经质。晚上在睡梦中肌肉老是抽搐，白天又不能放松，得不到休息。他总是松弛不下来，于是肌肉老抽搐。脸色愈来愈黄，吸进棉绒引起的咳嗽也越来越厉害，后来，衰弱的肺在受到挤压而变得很窄的胸膛里害了肺炎，结果丢了玻璃厂的工作。

他又回到第一次做工时绕过筒子的麻织厂。可是这回他有了升级的希望，他是一个出色的工人。下一步他就要去干上浆的活，然后去织布车间。干上织布，就算到了顶，剩下来的就是如何提高熟练程度。

这一回，机器比他初次上工时转得更快，但他的脑子反而变得迟钝了。如今他根本不再异想天开。而当初他总是充满美丽

大作家讲的小故事

的梦想。他甚至还爱过一个女人，对象就是厂长的女儿。那时他刚开始干上新的工作，用棍子拨弄布匹，使它顺利地从热得烫人的滚筒上经过。她年纪比他大得多，当时已经是个年轻女人，而且他只远远地瞧见过她，次数也屈指可数。不过这无关紧要，他瞧着源源不断从面前淌过的布匹，憧憬着美好的未来，想象着自己如何干出惊人的绝活，发明神奇的机器，熬上个厂里的头儿当当，终于把她拥在怀里，庄严地亲吻她的前额。

不过，这都是很久以前的事啦，那时他人不像现在这么老气，这么疲乏，所以还有心思去想女人。后来她嫁了人，去了别的地方，他的心思也就死啦。不过那终归是一次美好的经历，后来总是回忆它，好像别的男人和女人回忆自己当初对仙女之类信以为真的时代一样。他本人倒从来没有对什么仙女、什么圣诞老人信以为真，但他对美好的前景却曾经笃信不疑。他看着从面前淌过的热气腾腾的布匹，脑海里就呈现出这种前景。

他成熟得很早。还在七岁那年，头一次领到工资的时候，就进入了青春期。他无形之中有了一种自食其力的感觉，和母亲的关系也发生了变化。似乎现在他已经能够自己出门做工，养家糊口，和母亲差不多可以平起平坐啦。等到了十一岁，他就成了大人，完完全全的大人。就在那一年，他上起了夜班，一干就是六个月。一个孩子只要一上起夜班，就成了大人。

他长这么大，也经历过几件了不起的事。有一次是母亲买回了一点加州梅干。还有两次是她烘了几块蛋奶糕。这几次都是了不起的事，一想起就感到很亲切。那时母亲还说过哪一天要给他做一种神仙般的食品——她管它叫"浮岛"①，"比蛋奶糕还要好

---

① 即蛋白（奶油）蛋羹，一种面上涂有蛋白或奶油的蛋糕。

吃"。于是在以后的好多年里，他一直盼望着哪一天桌上摆着一份"浮岛"，自己坐下来好好享用一番。最后，他觉得这是没法办到的事情，就不去想了。

有一回，他在人行道上发现了一枚两角五分的毫子。这也是他生平一件了不起的事情，而且酿成了一场悲剧。当时毫子刚在他眼前一闪，他还没有把它捡起来，就已经知道该怎么办了。他知道家里和往常一样吃不饱饭，他本应该像每个星期六晚上把工资带回去一样，把毫子拿回家去。遇到这种事该怎么办是不言而喻的。可他从来没有花过自己挣的钱，而他想吃糖果又想得要命。他活这么大，只有过年过节才能尝到糖果，一想起那东西就流口水。

他没有欺骗自己。他知道是罪过，还是明知故犯，买了一角五分钱的糖果纵情享受了一番。他留下一角钱，打算下次再大吃一回。但是因为他身上从来没带过钱，结果把那一角钱弄丢了。这件事发生时，他正在受着良心的谴责，因此他把这看做是冥冥之中的报应。他感到一个可怕的、怒气冲冲的上帝就在身边，一想到这就胆战心惊。上帝看见了一切。惩罚来得很快，使他还来不及享受那罪恶果实的全部。

他每回想起这件事，总是把它看做自己一生里犯的一桩大罪，一想到这里，良心就感到不安，又得经受一番痛苦。这是他唯一不可告人的秘密。而且由于性格和环境的原因，他一想起这件事就懊悔不已。他觉得那枚毫子没有花好，感到很窝囊。他本来可以把它花得更好，后来他知道上帝惩罚起来动手那么快，他更后悔当初没有一下就把两角五分钱花光，使上帝措手不及。事后他千百次地计算过那两角五分钱该怎么花，每一次都觉得比上一次想得周到。

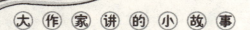

大作家讲的小故事

还有一件往事也留在记忆中。虽然只是一个模糊不清的印象，却因为父亲那双粗暴的脚，而永远铭刻在心里。这件事，与其说是记忆中的一件具体事情的印象，倒不如说像是一场噩梦——像是那种使人在睡梦中堕落，并且可以追溯到其住在树上之祖先的人的种族记忆①。

在大白天，非常清醒的时候，这种独特的记忆从来没有在约翰尼身上发生过作用。只有到了夜晚，躺在床上，当他的意识逐渐变得朦胧，终于酣然入睡时，它才活跃起来。它总是使他心惊肉跳地猛醒，而且在令人毛骨悚然的惊醒的那一刻，觉得自己好像横躺在床铺伸脚的那头，床上还依稀躺着父亲和母亲的身体。他从来没有见过父亲是什么样子。父亲留给他的唯一印象，就是那双脚格外粗暴、无情。

这些很久以前的事情总是萦绕于他的脑际，而后来的事倒记不起了。日子天天一个样，昨天和去年没有什么不同，一千年和一分钟没有任何区别。日子总是平平淡淡，没有任何事件标志着时间的流逝。时间好像永远静止，只有那些飞速旋转的机器在动，但也没有移动一分一毫——尽管它们转得飞快。

他十四岁那年，就到上浆机上去干活了。这是一个特大事件。终于除了每晚睡觉、每个星期的发薪之外，有了一件值得记忆的事情。这是一件划时代的大事。这是一次难遇的盛典，可作为一个时代的标志。从那以后，诸如"我到上浆机上去干活的那个时候"，"我到上浆机上去干活以前"或"以后"之类的话，就成了他的口头禅。

他进织布车间，管上一台织布机的时候，刚好满十六岁。这

---

① 种族记忆（racialmemory或racememory），指代代相传并形成深层积淀的种族感情、思想方法、经历等的总和。

又是一件带物质刺激的活，发的是计件工资。他干得很出色，因为他全身的血肉早已被纺织厂塑造成一架十全十美的机器。三个月之后，他已经管上了两部机器，以后又增加到三部、四部。

等到他在织布机上干上两年，他每天织的布不但比其他织工都要多，而且比一些技术不大熟练的织工织的多出一倍还不止。这时他挣钱的本事快要发展到顶点，家境也慢慢好起来。那倒不是说挣的钱多得用不完。孩子们都在长大。他们的饭量大了。而且他们都已经上学，买课本也要花钱。还有，不知怎么搞的，他越是拼命干活，物价就越是拼命地往上涨。就连房租都在涨，尽管那屋子年久失修，每况愈下。

他个子长高了，但个子一增高，人好像比以前更瘦了。同时，他的神经质也变得更严重。神经质一加重，脾气也更坏，更容易动肝火。弟妹们吃了许多苦头，如今都对他躲得远远的。因为他能挣钱，母亲对他客客气气，但这种客气好像总是带着几分畏惧。

他的生活中没有欢乐。白天是怎么过去的，他无暇去顾及，夜晚就在不时的抽搐中昏昏睡过去。剩下的时间他都在干活，他的意识完全是一种机器意识。除此之外，他的脑子是一片空白。他没有理想，就连幻觉也只有一个：总觉得自己喝的是上等咖啡。他完全成了一头做工的牲口。他根本没有精神生活，然而在他内心最隐秘的深处，在不知不觉之中，他正在掂量、考察自己每一个钟头干的活，双手的每一个动作，肌肉的每一次抽动，正在为将来干一番使自己以及自己那个小天地大吃一惊的事情作准备。

那是一个暮春季节的晚上，他下班回到家里，感到格外疲乏。他在饭桌旁坐下来时，大家好像在急切地期待着什么，但他却浑然不觉。他闷闷不乐、一声不响地吃着饭，木然地把摆在面

大作家讲的小故事

前的食物塞进嘴里。孩子们咂着嘴吃得山响,还不时发出唔唔啊啊的声音。他对此充耳不闻。

"你知道你今天吃的是什么吗?"母亲再也忍不住了,终于问道。

他茫然地瞧了瞧面前的盘子,又茫然地瞧着她。

"是'浮岛'呀。"她得意地大声说。

"哦。"他说。

"是'浮岛'!"孩子们齐声大叫。

"哦。"他说。吃了两三口之后,他又说:"今天晚上我大概不太饿。"

他放下勺子,把椅子往后一推,没精打采地从桌子旁边站起来。

"看来我得去睡觉了。"

他从厨房走出去的时候,好像比平时更抬不起脚。脱衣服也要费九牛二虎之力,简直是束手无策。等他爬到床上去睡时,还有一只鞋子没脱下来,不由得有气无力地哭了。他感到头脑里有个什么东西不断往上翻腾,向四周膨胀,使他的脑子麻木不仁,迷迷糊糊。他觉得瘦瘦的手指肿得如同手腕一般粗,指尖也有一种远离身体的感觉,和脑子的感觉一样麻木、模糊。腰背部疼得简直受不了。浑身的骨头都疼。全身没有一处不疼。接着,脑袋里一百万台织机开始一齐尖叫、撞击、倾轧、轰鸣,响成一片。空中密密麻麻到处是飞梭。它们在星空中令人眼花缭乱地穿来穿去。他自己操纵着一千台织机,它们的速度不断提高,越织越快,他的脑子则好像在抽丝,越抽越快,变成了那一千只飞梭上织布的棉纱。

第二天早上他没有去上工。脑子里一千台织机正在不停地运转，他巨人般地操纵着它们，忙得不亦乐乎。母亲去上了工，不过她先请来了大夫。大夫说是重流感。于是珍妮担负起遵医嘱照料他的任务。

  这场病来得很猛，过了一个星期约翰尼才能穿上衣服，有气无力地在房间里摇摇晃晃走上几步。大夫说，再过一个星期，他就可以回去上工。星期天是他康复的头一天，下午织布车间的工头就来看了他。工头对母亲说，他是全车间最棒的工人，他那份工作会给他留着。从下星期一起，他再休息一周，就可以回去上工。

  "约翰尼，你为什么不谢谢人家？"母亲焦急地说。

  "他病得不轻，如今人都还不太清醒。"她抱歉地对客人解释说。

  约翰尼弓着背坐在那里，目不转睛地看着地板出神。他就这样一动不动地坐着，工头走了很久才动弹。屋子外面很暖和，下午他就坐在门阶上。有时他的嘴唇还动一动。他似乎在没完没了地算着什么。

  第二天上午，等到外面比较暖和的时候，他又到门阶上坐下。这一回他带了铅笔和纸，好继续算下去。他算得很苦，算的数很惊人。

  "百万上面是什么？"中午威尔从学校回来时，他问道。

  "是怎么个算法？"

  那天下午，他终于算完了。以后每天他都到门阶上去坐，但不再带纸和铅笔。他只是全神贯注地看着街道对面那唯一的一棵树，每次一看就是好几个钟头。每当刮风，吹得树枝摇摆、树叶抖动时，他好像格外感兴趣。整整一个星期他似乎都沉浸在冥思苦想之中。星期天，他坐在门阶上好几次纵声大笑，笑得母亲心

大作家讲的小故事

里七上八下，因为她好多年没有听见他笑过了。

第二天清早，她摸黑来到他床边去叫醒他。这一个星期里他睡足了觉，所以很快就醒了。他没有挣扎，她动手扯掉他身上盖的被子，他也不去死死抓住。他安静地躺着，说话的语气也很平和。

"妈，这全是白搭。"

"你要迟到了。"她说。她以为他还没有醒过来。

"妈，我早醒了，我是说这没有用。你最好别管我。我不想起来。"

"那样你会丢掉饭碗！"她急得大声说。

"我不想起来。"他又说了一遍，那声音冷冷的，听起来是那么陌生。

这天早上他没有去上工。看来这毛病不轻，已经超出她所知道的范围。发烧、说胡话都好说，可这是脑子出了毛病啊。她赶紧扯上被子给他盖好，就叫珍妮去请大夫。

大夫请来时，约翰尼正睡得安稳。他慢慢地醒过来，让大夫把了脉。

"他没什么病。"大夫说，"就是身体太虚了。一身尽是骨头，没什么肉。"

"他向来是这个样子。"母亲解释道。

"好啦，你走吧，妈。我还想睡一会儿。"

约翰尼说话轻言细语，平心静气，说完侧过身又睡了，翻身也是那么轻柔和平静。

十点钟的时候他醒来，穿上了衣服。他走出房间来到厨房，只见母亲满脸惊恐的神情。

"妈，我要走了。"他突然说，"我这就算向你告别了。"

106

她用围裙蒙住头，猛地坐下来，失声大哭。他耐心等待着。

"我早该知道有这么一天的。"她抽抽搭搭地说。

"到哪儿去？"最后，她拉下蒙在头上的围裙，抬起一张愁眉苦脸、心灰意冷的面孔盯着他，问道。

"我自己也不知道——随便哪儿都行。"

他一边说，一边仿佛看见街对面那棵树忽然发出耀眼的光芒。那树好像就在他眼皮底下，他只要想看，就可以看见。

"那你厂里的活呢？"她声音哆哆嗦嗦地问。

"我再也不去做工了。"

"约翰尼，别造孽呀！"她号啕大哭起来，"你说了些什么！"

对她来说，他刚才说的简直是大逆不道。听到他的话，她大惊失色，就像一个母亲听见自己的孩子说不信上帝一样。

"可你到底想了些什么啊，我的祖宗！"她责备的口气想硬一点，可是硬不起来。

"想的是一笔一笔的数。"他回答道，"没有别的。一个星期来我算了好多数，真是不算不知道，一算吓一跳。"

"算数和这个又扯不上。"她声音哽咽地说。

约翰尼宽容地笑了。他一改常态，自始至终不发脾气，不动肝火，母亲明显地感到心里一紧。

"我说给你听听。"他说，"我平时人累得半死。为什么这么累？因为动。我一打生下来就在不停地动。我动得厌烦了，再也不想动啦。还记得我在玻璃厂做工的时候吗？那时我一天能扎三百打瓶子。我算了一下，每扎一个瓶子要有十个不同的动作，这样一天下来就要有三万六千个动作，一个月就是一百零八万个动作。抹掉那八万不算——"他说这句话时是那么得意，好像一

大作家讲的小故事

个出手大方的乐善好施的人一样,"抹掉那八万不算,一个月下来也还有一百万个动作——一年就是一千二百万个动作。

"干上织布的活以后,我的动作又增加了一倍。那样一年下来就是两千五百万个动作。我觉得自己一直在这么动,好像差不多动了一百万年一样。

"而这个星期我一点也没有动。我一连好几个钟头一动也不动。我跟你说,这样坐在那儿什么事也不干,一坐就是好几个钟头,那个滋味真是没法说。我一辈子都没有受用过。从来没有一点空闲,一年到头都在那里动,那样你可别想受用。我再也不干那种傻事啦。现在我只管坐着、坐着、休息、休息、再休息。"

"可是威尔,还有另外几个孩子,他们可怎么办啊?"她绝望地问。

"对啦,'威尔,还有另外几个孩子'。"他学她的口气说。

他说话的口气里没有怨愤。他早就知道母亲希望威尔有出息,但他对此不再耿耿于怀。现在什么都无所谓了,连这件事也不例外。

"妈,我知道你一直在给威尔计划以后的事——让他一直读书,将来好当个管账的。现在这也是白搭了,我不干了。他只好去干活。"

"我辛辛苦苦把你拉扯大,这是报应啊。"她大哭起来,一边拿起围裙,正要蒙住脸,可一下又改变了主意。

"你根本没有拉扯我。"他说话的口气虽然和蔼,但很凄然,"是我拉扯大了我自己,还拉扯大了威尔。他个头比我大,也比我重,比我高。我觉得我小时候从来没有吃饱过。后来他出世了,尽管我还只有几岁,就已经在干活,挣饭给他吃了。不过这件事也算了结啦。威尔要么去干活，跟我一样，要么就随他去，我都不在乎。我累坏了。我要走了。你不想告别吗？"

她没有回答。她又用围裙蒙住脸，哭起来。他在门口停了一下。

"我那时也没有别的法子。"她呜咽着说。

他走出屋子，沿着大街走去。他看到那棵孤零零的树，不由得凄然一笑。"反正我什么也不干啦。"他轻轻地自言自语，听来像一声悲叹。他若有所思地看了看天空，明亮的太阳照花了他的眼睛。

他走了很长的路，但走得不快。路上经过了麻纺厂，织布车间低沉的轰鸣声传进他的耳朵，他不禁微微一笑，那微笑是那么温和、平静。他不恨任何人，连那哐啷哐啷、嘎吱嘎吱响成一片的机器也不恨。他心里毫无怨尤，有的是一种对休息的无限渴望。

他一路往郊外走去，房屋和工厂越来越稀，空旷的地方渐渐增多。最后，他把城市抛到了身后，开始沿着铁路旁一条树木茂盛的小路走去。他走路的姿势不像个人。他的模样也不像人。他简直是个只有三分像人的怪物，一个畸形、矮小、丑陋无比的生物。这怪物松垮垮地垂着两只胳膊，耸着肩，缩着胸，一步一拖地走着，活像一只有病的大猩猩，又难看，又可怕。

他经过一个小火车站，在一棵树下的草地上躺下来。他在那里躺了整整一个下午。有时候打上了盹，在睡梦中肌肉就不时抽动。醒的时候也一动不动地躺着，只顾瞧那些鸟儿，或者透过上面的枝叶去看天空。有一两回他还大声笑了，不过这笑声与他看到或感觉到的东西毫无关系。

黄昏过去，夜幕降临。这时一列火车轰隆隆地开进了车站。

大作家讲的小故事

约翰尼趁机车在侧线上摔下车皮的机会，偷偷地顺着列车溜过去。他拉开一节空车厢的边门，笨手笨脚地、吃力地爬了进去。他拉上车门。机车的汽笛响了。约翰尼躺在黑洞洞的闷罐子车里，满意地笑了。

赏析与品读

  这是杰克·伦敦基本真实的经历。一个刚满十四岁的劳工阶级的孩子，他的劳工阶级属性甚至在他一出生就有了，他是早产儿，母亲在车间里把他生下来。之后，父亲死了，他不得不帮母亲担负起这个家。他是个百分之百优秀的工人，"就是太瘦了，没有肉，只有骨头"。终于一次病后，他决心改变自己的命运，不再做被机器压榨的对象，不再走他父母的老路，他毫无商量余地地告诉母亲，他要走了。为自己的命运，他爬上了一列远去的火车。

  像杰克·伦敦这样逃脱自己命运的人，并不是很多。很多的人因为没有勇气，社会也没有提供出路。资本主义早期的原始积累，就这样摞着约翰尼们的骨血丰富起来。在今天的社会，读到这样的小说，格外感到自由成长的宝贵。

一块牛排

● 带着问题读一读,你会收获更多 ●

1. 汤姆·金认为自己就败在了一块牛排上,是这样吗?
2. 文中几次提到老斯托什尔·比尔的哭泣,这样写的用意是什么?

大作家讲的小故事

汤姆·金用最后一口面包，把盘子里剩下的一点卤汁揩干净，塞到嘴里慢慢地若有所思地嚼着。他从桌子旁边站起来时，还是明显地感到饥饿，饿得很难受。尽管如此，只有他一个人还算吃了点东西。两个孩子在隔壁房里，早就打发睡了，因为一睡着，他们就会忘记没有吃晚饭。他老婆也没有吃一口，只是默默地坐在那里看着他，目光充满关切。她是个做工的人，又瘦又憔悴，虽然从她脸上仍不难看出当年姿色的余韵。做卤汁的面粉是从对门的邻居那里借来的。剩下的两个毫子他拿去买了面包。

他在靠窗户的一张松松垮垮的椅子上坐下，椅子被他压得吱吱嘎嘎直叫唤。他心不在焉地把烟斗塞进嘴里，把手伸进上衣的侧口袋。口袋里没有一点烟草，他这才猛醒，皱了皱眉，怪自己没记性。他动作迟缓，甚至有点尾大不掉，似乎因为肌肉太发达，身体不堪重负。他身体结实，样子冷漠，看上去并不特别讨人喜欢。一身粗布衣服，又旧又脏。脚上的鞋是换过底的，但换了有些日子了。鞋面很破旧，已经吃不住那厚厚的鞋底。身上的布衬衣是两个先令一件的便宜货，衣领的边已经发毛，衣上到处是洗不掉的油漆。

然而，毫不含糊地表明他职业特点的却是那张脸。那是一张典型的拳击家的脸，这脸属于在拳击场上混了多年，因而拳击动物的一切特征在身上毕露无遗的人。那是一副格外阴沉的面孔，刮得干干净净，因而五官看得一清二楚。两片嘴唇很难看，嘴巴显出一副恶相，活像脸上一道深深的刀痕。下巴厚实，显得蛮横而咄咄逼人。在靠得很拢的浓眉下，一双眼皮厚厚的眼睛，目光迟滞，神情木然。他看上去纯粹是一头野兽，而身上兽性毕露的就是那双眼睛。那眼睛看上去昏昏欲睡，仿佛一头狮子——那是拳击动物的典型眼睛，短短的额头向后倾斜，发际线很靠前。头发剪得很短，外貌狰狞的脑袋上的每一处凸起都一目了然。两次被打断鼻梁的鼻子，不知挨过多少老拳，已经被揍得歪歪扭扭。卷心菜般的耳朵，被打得变了形，比原来大了一倍，已经无法恢复原状。这样他脸上的漂亮部件就算齐了。再加上他的胡子，虽然才刮过，胡子茬已经在长出来，使他的脸泛出一片青。

总而言之，一个人长着这样一副脸，如果有人在黑咕隆咚的胡同里或者偏僻的地方碰上，心里会不由得咯噔一下。然而汤姆·金并不是亡命之徒，也没有干过犯罪的勾当。干他这一行的动不动就拳脚相见，但除此之外，从没有伤害过人，也没有寻衅和别人吵过架。他是个职业拳击家，他身上所有的职业野蛮性，只在比赛时才使出来。在拳击场外，他是个行动迟缓、随和的人。不但如此，在年轻时，因为钱花不完，他慷慨得过了头，多少害了自己。他从不记旧恨，也没有什么仇敌。对他来说，拳击是一种交易。在拳击场上，他把对手打伤，打残，打死，他这样做时不带任何仇恨。这是一个纯粹的商业命题。观众到拳击场来，就是为了花钱看热闹，看斗拳的你打倒我，我打倒你，赢家可以得到那笔奖金的大头。二十年前，有一次他与伍鲁木鲁·高杰对阵。他当时知道高杰在纽卡斯尔一次比赛中打脱了下巴，好了还只有四个月。他一门心思地去打那个下巴，结果在第九回合里把它又一次打脱。他这样做并不是对高杰怀有什么恶意，只是因为这个办法最有效，容易把高杰打倒，得到那笔钱的大头。高杰也没有因此而记恨他。拳击比赛就是这么回事，两个人都知道里面的规矩，都是按规矩行事。

汤姆·金一向沉默寡言，这时他正坐在窗前，盯着自己的一双手，一声不吭，闷闷不乐。手背上的青筋条条暴起，又粗又

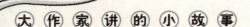

大作家讲的小故事

高,指关节一个个残缺变形,一看而知把它们派上了什么用场。他并不知道一个人的阳寿等于其动脉的寿命,但他知道那些粗大、凸起的青筋意味着什么。那是因为他的心脏以最大的压力向那些血管输送过超量的血。这些血管已经丧失机能。他使血管失去了弹性,而随着血管的扩张变形,他自己的耐力也不行了。如今他很容易疲劳。他再也没法飞快地一下子打上二十个回合,不要命地打啊,打啊,打啊,打完一个回合又一个回合,连连出击,次次凶狠,一会儿被对手逼到场边,一会儿又把对手逼到场边。越打越狠,越打越快,到第二十个回合,也是最后的回合,达到高潮,引得全场观众起立欢呼。他一时迅猛出击,一时腾挪躲闪,把一阵阵雨点般的拳头甩向对方,对方的拳头也倾泻到自己身上。他忠实的心脏则总是一刻不停地把奔腾的血液送到健壮的血管里。血管虽然一时被胀大,但每次都能缩回来,虽然不是缩得那么彻底——每次都比原来要胀大一点,只是开头不明显而已。他目不转睛地看着那些血管,看着那些伤残的指关节,有一瞬间仿佛看见了这双手当初年轻健美、指关节个个完好的样子。他头一个指关节致残是在人称"威尔士凶神"的本尼·琼斯的铁脑袋上碰的,那是后来的事。

他又一次感到饥饿难忍。

"咳,连块牛排也吃不上!"他大声嘟哝着,一边攥紧醋缸大的拳头,吐出一句闷声闷气的骂人话。

"伯克的铺子、索里的铺子我都去过。"他妻子有点抱歉地说。

"他们不肯赊?"他问道。

"一个钱的东西也不肯赊。伯克说……"她吞吞吐吐,没有说完。

"说下去!他说什么?"

"说他觉得今天晚上桑德尔会收拾你,说你已经欠了他一屁股账。"

汤姆·金只哼了一声,没有搭腔。他没有工夫说话,因为他正在回忆往事,想起当初自己养的那条猎犬,不知给它喂过多少牛排。那个时候,他就是向伯克赊一千块牛排,伯克也会答应。但是此一时彼一时也。汤姆如今上了年纪,人一上年纪,就只能在二流俱乐部练练,就别想在铺子里赊到好多东西。

这天早上,他一起来就只想吃牛排,这个愿望一直很强烈。这次比赛,他事先没有好好练过。这一年澳大利亚遭大旱,时世艰难,三天打鱼两天晒网的零工都打不上。没有人陪他练拳,伙食也差劲,而且有时还吃不饱。一有机会他就卖上几天苦力,每天早晨都要围着都门公园跑步,练练腿脚。但是没有人陪练,又要养活老婆和两个孩子,真不容易。他得到和桑德尔比赛的机会以后,开铺子的赊给他东西也只稍微松了一点。开心俱乐部的主席让他预支了三英镑(那是输家可得的一份钱),再要多借就不行了。他还不时从老朋友那里借到几个先令。本来他们还会多借一点,只是因为大旱年头,他们自己也很拮据。的确,赛前训练太不够了,这是一个无法掩盖的事实。他本应该吃得更好,应该无牵无挂。何况,人一上了四十,比起二十岁时当然难得练好。

"莉齐,现在是几点?"他问道。

妻子走到对门去问了一下,回来告诉他:"8点差一刻。"

"第一场比赛再过几分钟就要开始了。"他说,"这是一场选拔赛。接下去是迪勒·韦尔斯和格里德利一场四个回合的比赛,斯塔莱特和一个水手还有十个回合的较量。还要一个多钟头才轮到我

大作家讲的小故事

上场。"

又默默地过了十分钟,然后他站起身。

"说实话,莉齐,这回我根本没有好好练过。"

他伸手抓过帽子,向门口走去。他没有主动去吻她(他出门从来不和她吻别),但是这天晚上她鼓起勇气走上去和他亲吻。她双手搂住他,使他不得不低下头来俯就她仰着的面孔。他身材魁伟,使她相形之下非常矮小。

"汤姆,祝你好运!"她说,"你一定要赢他。"

"嗯,我一定要赢他。"他重复她的话,"说到底就是这么回事。我非赢他不可。"

他哈哈一笑,装作很开心,她和他也贴得更紧。他从她的肩膀上望过去,看了一眼家徒四壁的房间。这是他在世上唯一拥有的东西,而且房租已拖欠很久,另外还有老婆和两个孩子。而他现在就要离开家,走进外面的夜色中,为母兽和两只兽仔去觅食——不是像现代工人一样靠到机器旁边卖苦力去挣得,而是以一种古老、原始、勇武的方式像动物一样搏杀去攫取。

"我非赢他不可。"他又重复了一句。这次说话的口气有点急切,好像已经没有退路,"一赢就是三十镑,我就能付清该付的钱,还会剩下一大笔。一输,我就一无所有——要一分钱坐电车回家都没有。输家该得的那份钱俱乐部主任已经都预支给我了。老婆,再见吧。要是赢了,我会马上回来。"

"我等你。"她跟到走廊里,大声对他说。

到开心俱乐部足有两哩路,他一边走,一边回忆起往日的辉煌——他曾经是新南威尔士的重量级冠军。要是在那时,他就会坐马车去比赛,很可能还有某个在他身上押了大赌注的人陪他前往,替他付车费。就说汤米·彭斯和那个美国佬杰克·约翰逊吧——他们出出进进都是坐汽车。而他却只能靠两条腿！谁都知道，拳击之前扎扎实实走上两哩路，对比赛可不是什么好事。他上了年纪，如今的世道，上了年纪的人可不吃香啦。他除了卖卖苦力，什么都干不了，而他又打断了鼻梁骨，打肿了耳朵，就是卖苦力也没人要。他不由得想，当初要是学门手艺该多好。从长远来看，学门手艺比学拳击要靠得住。可当时没有人给他出这个主意，他也本能地知道，即使所有人出了主意，他也不会听。当时一切都太顺利了。大把大把的票子——激烈的、出尽风头的比赛，两次比赛间隙里的养精蓄锐、无所事事——一群群前呼后拥、拼命奉承的人，拍不完的背、握不完的手，更有那些花花公子，巴不得请他喝上一杯，为的是和他聊上五分钟，好引以为荣——还有那种风光和体面，那全场的欢声雷动，那旋风般的最后攻势，那裁判的当场宣布"金获胜"，以及他的名字第二天在报纸体育栏的出现——这一切实在太诱人。

　　那真是黄金时代！如今他慢慢地反思这些事，才意识到他当初打倒的都是些上了年纪的人。他代表青春，有如初升的太阳；他们代表老年，业已日落西山。难怪一切是那么顺利——因为他们在漫长的岁月中身经百战，已一个个青筋暴起，指关节伤残，筋骨也已疲乏。他还记得那次在灯草湾和老斯托什尔·比尔对阵的事。那次他在第十八个回合挥拳将老比尔打倒，后来在更衣室，老头子像个小娃娃一样哭得好伤心。说不定当时老比尔正等着付房租哩，说不定他家里老婆和两个孩子正在挨饿哩，说不定就在比赛的当天，比尔只想吃块牛排而没有吃上哩。比尔那天比赛全靠碰运气，结果吃尽了苦头。汤姆自己如今饱尝了辛酸，才认识到二十年前的那个晚上，斯托什尔·比尔是为了更大的赌注去比赛的，不像他年轻的汤姆·金，只是为了风光体面，为了容易到手的钱。怪不得斯托什尔·比尔后来在更衣室哭得那么伤心。

大作家讲的小故事

唉,说到底,一个人一辈子注定只能玩多少次拳,更麻烦想多户口已不行吧。这是拳击比赛的铁的规律。一个人也许能扎扎实实玩上二十次,另一个人也许只能玩十二次;每个人体格不同,素质不同,注定能玩的次数也不同。等到他玩满了这么多次,他就没戏啦。不错,他得天独厚,比大多数同行能玩的次数都多,他经历的艰苦卓绝、耗尽体力的比赛也远远多于一般人——那种比赛使心脏和肺部的负担达到极限,使血管胀大得失去弹性,使青年人平滑柔软的身体长出一块块硬邦邦的肌肉。而且由于体力的过度支出,耐力的过分使用,勇气和精力都消耗殆尽,大脑和筋骨都疲乏不堪。不错,他比所有的同行都干得出色,和他交过手的老搭档一个也没有了,老一辈的拳击手就剩下了他一个。他亲眼看见他们一个个完蛋,其中有几个被淘汰的和他还有关系。

当时他们总是让他去和那些老家伙交手,他总是一个一个把他们打倒——他们一个个像老斯托什尔·比尔一样,在更衣室痛哭,他却开心地大笑。如今他也变成了老家伙,他们于是又让小伙子在他身上开练。就说桑德尔这个家伙吧。他当初是从新西兰来的,来的时候已经赢过好几场比赛,在那边有了名气。但是在澳大利亚大家对他一无所知,于是他们就让他去和汤姆·金开练。要是桑德尔表现出色,就会派更强的人和他交手,奖金也更多。因此完全可以相信他会打得又凶又狠,通过这场比赛他可以赢得一切——金钱、荣誉、前途,而汤姆·金这个送来给自己练拳的头发灰白的老家伙成了阻碍他名利双收的障碍。汤姆若是赢了,能得到的只是三十英镑,好用来付清房租和铺子老板的账。

汤姆·金就这样沉浸在对往事的回忆中,在他近乎麻木的脑海里出现了青春的矫健身影。那青春是那么灿烂辉煌,蒸蒸日上,所向披靡,是那么肌肉柔韧,皮肤光洁,是那么心肺健全,永不疲倦，不知年老体衰、力不从心为何物。对，青春就是涅米塞斯①。它肆意毁掉老者，从不考虑这样做实际上也毁掉了自己。它使自己血管扩大、指节伤残，到头来自己也给青春毁掉。因为青年总是年青的，只有老年才会变老。

他来到卡斯尔雷街，向左一拐，走过两条横街，就到了开心俱乐部。一群在门外游荡的街头恶少恭恭敬敬给他让开一条路。他听见其中一个对另一个说："这就是他！他就是汤姆·金！"

进去以后，在去更衣室的路上，他遇上了俱乐部的主任，一个目光锐利、面孔机灵的年轻人。他跟汤姆·金握了手。

"汤姆，你身体感觉怎样？"他问道。

"呱呱叫。"金回答说。他明白自己撒了谎，知道要是有一个英镑的话，他会当场拿去换一块好牛排。

他带着助手从更衣室里走出来，沿着过道向大厅中央用绳子围出的方形拳击台走去，等在那里的人群中爆发出一片欢呼声和掌声。他向左右观众答谢致意，但没有几副面孔是熟悉的。这些人中大多数是小家伙，他当初在拳击场上大出风头时，他们还没有出生哩。他轻松地跳到台上，头一低从绳子下面钻过去，来到他那个角落，在一张折凳上坐下。裁判杰克·鲍尔走过去跟他握了握手。鲍尔是个身体已垮的拳击手，有十多年没有上台斗拳了。他来当裁判，汤姆心里很高兴。他们两个都是老一辈的人。他知道要是自己稍微犯点规，对桑德尔动作粗野一点，鲍尔一定会睁一只眼闭一只眼。

雄心勃勃、志在夺魁的年轻的重量级拳击手一个个爬到台上，裁判把他们一一介绍给观众。他还宣布了他们各自的挑战。

---

① 希腊神话中司复仇和因果报应的女神。

大作家讲的小故事

鲍尔宣布道:"北悉尼的小普隆托愿意另加五十镑和赢家挑战。"

观众喝起彩来。桑德尔纵身跳进圈子,在自己的角落坐下,观众又是一阵喝彩。汤姆·金从场子那一边好奇地瞧着他,再过几分钟两人就要扭到一块,无情地格斗,使出全身的力气去把对方打昏。但是他看不出什么名堂,因为桑德尔也和他一样,在拳击服上穿了裤子和运动衫。不过桑德尔的脸倒是刚健、英俊,上面衬着一头蓬乱、卷曲的黄发,脖子粗壮,有力,使人想到身体一定非常健美。

小普隆托从这个角落走到那个角落,和主要的拳击手一一握手,然后从台上走下来。挑战继续进行。年轻人——虽然名不见经传,但心比天高的年轻人——不断地爬上台去,走进圈子,大声向人类宣告,他们凭着力量和技巧,要和赢家决一雌雄。要是在几年以前,在他所向披靡的鼎盛时期,汤姆·金看到这一套把戏会感到又可笑又讨厌。可现在他坐在那里像着了迷一样,眼前总是出现青春的幻影,挥之不去。这些小伙子总是不断地在拳击运动中脱颖而出,总是纵身跳进圈子,高声地挑战,而那些老一辈的总是在他们面前败北。他们踏着老一辈人的身体爬到胜利的顶峰。他们源源不断地出现,愈来愈多——都是些无法遏止、势不可当的年轻人——他们不断地使老一辈人败北,然后自己也变老,走同样的下坡路,而在他们后面,后浪推前浪,青年人不断地出现——一些新生婴儿,长成强壮的汉子,把他们的长辈淘汰,而他们后面又会出现更多的新生婴儿,层出不穷——这就是青春,总是那么我行我素,生命常驻。

汤姆向记者席那边看了一眼,对《竞技报》的摩根和《裁判员报》的科比特点头致意。接着他伸出双手,让两个助手锡德·沙利文和查利·贝茨给他把拳击手套套上、扎紧。桑德尔的一名助手先仔细检查他指节上缠的胶布,然后严密监视着这一过程。他自己的一名助手在桑德尔所在的一角,执行同样的任务。桑德尔的长裤已经脱掉,他站起身,顺手把运动衫从头上脱出。汤姆·金在一旁看着,眼前简直是青春的化身,胸部厚实,筋骨强壮,一股股肌肉在光滑洁白的皮肤下滚上滚下,像一个个活老鼠。他全身洋溢着旺盛的生命力,汤姆一看就知道这是从来没有丧失过元气的充满活力的躯体。而一旦经历长期的格斗,这种元气从酸痛的躯体上一个个毛孔泄漏出去,青春就会付出沉重的代价,退下时就不像登场时那么年轻了。

  两名拳击手面对面走上前。锣一响,那些助手拿起折凳噼里啪啦地退到了场外。两人握了手,立刻摆好了拳击的架势。猛然间,桑德尔像由钢铁和弹簧组成的一触即发的机械装置一样,来回蹦跳起来,一出手一记左拳已经打中了汤姆的眼睛,一记右拳打中了他的肋部;头一闪,躲过了对手的一次还击;敏捷地跳开,又气势汹汹地跳回来。他动作迅疾,身段灵活。这是一场令人眼花缭乱的表演。全场观众大声喝彩。但是汤姆头脑很清醒。他参加过的比赛太多了,交过锋的青年拳手太多了。他识得出对手那种拳路——出手太快,拳路太灵活,不能造成威胁。显然,桑德尔从一开始就想速战速决。这是可以预料的。青年人都是这样——豁出一切横冲直撞,猛打猛攻,一时光彩夺目,无与伦比,靠自己无比辉煌的力量和强烈欲望去制服对方。

  桑德尔前后蹦跳,左右腾挪,满场闪烁。他步法灵活,心情急切,完全是个由雪白的肌肤和坚实的筋骨组成的神奇动物。它躲闪腾跃,快如飞梭,攻势凌厉,动作连贯,浑然一片,看了令人眼花缭乱。那无数次的动作只有一个目的,就是打倒汤姆·金,扫清障碍,好飞黄腾达。汤姆·金耐心地忍受着。他胸有成竹,他是过来人,对年轻人的路数心里一清二楚。他打定主

大作家讲的小故事

意,只有等到对方消耗一部分精力以后才好还手。想到这里,他狞笑了一下,故意把头一低,让天灵盖挨了一记重拳。这一招很毒,不过根据拳击比赛的规则显然无可指责。一个拳击手应该注意保护自己的指关节,要是他老是去打对手的天灵盖,那无异于自讨苦吃。汤姆本来可以把头躲得更低,让那一拳扑地一下打空。但他想起了自己最初比赛的情景,想起了自己指关节第一次受伤就是因为打"威尔士凶神"的天灵盖。他这样做一点也没有违反比赛规则。他这一低头不打紧,桑德尔的一个指关节就算报销了。报销就报销,桑德尔已经豁出去了。他要照样打下去,毫无顾忌,出手凶狠,一打到底。但是将来,经过长年累月的拳击比赛,身体渐渐吃不消时,他就会为这个指关节后悔,并且回想起当初打汤姆·金的天灵盖使它致残的事。

第一个回合桑德尔完全占了上风,他攻势迅猛,像刮起一阵阵旋风,全场观众的喝彩声此起彼落。他的拳头铺天盖地落到汤姆身上。汤姆听之任之。他一次也没有出手,只求护着身体,抵挡、躲闪,或者用臂钳住对手,避免遭到打击。他有时也虚晃一枪,拳头就要落下却摇一摇头,动作迟缓地兜着圈子,从来不跳不蹦,节省每一点力气。一定得让桑德尔气势汹汹地耗尽年轻人的锐气,老成持重的人才敢还手。汤姆的一切动作都慢慢腾腾,有板有眼,一双眼皮很厚、转动缓慢的眼睛,看上去昏昏欲睡,神情恍惚,但实际上那双眼睛能洞察一切,这是二十多年拳击生涯训练出来的。那双眼睛面对迫在眉睫的打击一眨也不眨,纹丝不动,一直冷静地观察,目测距离。

第一个回合结束,休息一分钟。他在自己的一角坐下来,伸直两腿往后一仰,两条胳膊搁在互成直角的绳子上。两个助手用毛巾给他扇风,他的胸部和腹部引人注目地深深起伏着。他闭上眼睛仔细听观众席上的喊声。"汤姆,你为什么不出手?"许多人这样问，"你难道还怕他？"

"肌肉硬了。"他听见一个坐在前排的人说，"他动作不麻利了。我看好桑德尔，赌输了我赔双倍，付金镑。"

锣又响了，两人从各自的角落相互迎着走上前去。桑德尔一路向前，足足走过了整个距离的四分之三，因为他迫不及待地想重新开始。汤姆情愿只走余下的那几步。这和他节省体力的策略是一致的。这次比赛他没有好好训练过，又没有吃饱，少走一步算一步。何况他为了来到比赛场已经走了两哩路。这一个回合是第一个回合的重演，桑德尔不断发起旋风般的攻击，观众一个劲地愤怒质问汤姆为什么不还手。汤姆虚张声势地挥了几拳，出手很慢，不痛不痒。除此之外，他只采取了抵挡、拖延、用臂钳制的办法。桑德尔只想加快比赛的进程，可汤姆·金却非常明智，不上他的圈套。他咧了咧嘴，那张饱挨老拳的脸上露出一种沉思和悲哀的神情。他还是斤斤计较，不愿多花一丝力气，这种斤斤计较，只有老年人才会有。桑德尔年轻力壮，他以年轻人的大手大脚、毫无顾忌的方式挥霍自己的体力。汤姆身上有一种在拳击场上指挥若定的大将风范，一种来自长年累月的痛苦格斗的睿智。他用冷静的目光、冷静的头脑观察着，迟缓地移动着，等待桑德尔气势汹汹地把精力耗尽。在大多数观众眼里，汤姆似乎已经大势已去，不堪一击，他们大喊大叫，说愿意在桑德尔身上押三比一的大注。但是也有人，有少数几个老谋深算的人，他们早先就认识汤姆，知道他不可小看，因此下了同样的赌注，认为这笔钱赢定了。

第三个回合开始的时候，和前面两个回合一样，仍旧一边倒，桑德尔仍旧一直采取攻势，频频挥拳痛击对手。半分钟以后，桑德尔由于过分自信，略一疏忽，露出一个破绽。说时迟，那时快，汤姆的眼睛一亮，右臂一闪挥了出去。这是他头一回真正下手——那

大作家讲的小故事

是一记钩拳，胳膊肘弯着，使拳头打出去又狠又准，身体略一旋转，把全身的力量都扑了上去。那光景就像一头好像在沉睡的狮子，猛然间闪电般地伸出一只爪子。桑德尔下巴一侧挨了这一下，像一头牯牛一样倒下了。观众倒抽一口气，满怀敬畏地喃喃自语，啧啧称奇。原来这个人肌肉并没有僵硬，挥起拳来还能像一把大铁锤，又准又狠。

桑德尔吃惊不小。他翻了个身，想爬起来，但他的助手厉声喝住，要他等着数数。于是他单膝跪地，等待着，准备起来。裁判俯着身子，对着他的耳朵大声数数。刚数到九，他就站起来，摆好了格斗的架势。汤姆·金面对他，后悔不已，心想那一拳要是离下巴尖还近几分就好了。那样就能把对手彻底击倒，他就可以把三十个金镑带回去养家糊口。

这一回合又继续进行，一直打完规定的三分钟。这一次桑德尔才开始对汤姆另眼相看。汤姆则一如既往地动作迟缓，两眼昏昏欲睡的样子。这一回合快结束的时候，汤姆看见场外自己的两个助手已蹲下身，准备跳进场子，知道时间快到，于是把比赛往自己的那一角引。锣声一响，他立刻在摆在那里的凳子上坐下，而桑德尔却不得不走完四方拳击场的对角线，才回到自己的一角。当然这只是一件微不足道的事，但许多微不足道的事凑在一起就举足轻重了。桑德尔被迫多走那许多步子，消耗那么多的精力，还要失去那宝贵的一分钟休息时间的一部分。在每一个回合的开头，汤姆总是磨蹭着从自己的一角出发，迫使对手前来相迎，走过那段距离的大部分。而每一个回合快结束时，人们总是发现比赛在汤姆的巧妙操纵下移向他那一角，这样他就可以马上坐下休息。

又斗了两个回合。汤姆自始至终刻意节省每一丝力气，而桑德尔则肆意浪费。桑德尔力求速战速决，使汤姆穷于招架，那无数雨点般的拳头相当一部分都打中要害。然而汤姆还是固执地按着既定方针，不慌不忙地周旋，一些急性子的年轻人大喊大叫，要他打出点威风，他一概无动于衷。同样，在第六个回合里桑德尔又一时疏忽，汤姆·金又闪电般地挥出凶狠的右拳，打中了桑德尔的下巴，桑德尔又是在数到九的时候站了起来。

到第九个回合时，桑德尔锐气顿减。他知道这将是他经历过的最艰苦的一场比赛，但是也只得硬着头皮去对付。汤姆·金是个老家伙，比起别的与他交过手的老家伙都厉害。因为汤姆防守本领格外高强，拳头打起来像一根有节疤的棒子，而且能左右开弓，把人打倒。虽然如此，汤姆·金还是不敢轻易出手。他时刻没有忘记自己的指关节已经伤残，心里明白每一记拳都要打中要害，否则不到终场他的指关节就会报废。他坐在自己的一角，朝对面的桑德尔看了一眼，突然想到要是把自己的见识和桑德尔的青春加在一起，定会是一个重量级拳击世界冠军。可是难就难在这里。桑德尔永远成不了世界冠军。他缺少见识，而增长见识的唯一办法是以青春为代价，而一旦有了见识，青春也已作为代价付出。

汤姆使出了浑身的解数。他不放弃任何一个钳制对方的机会，而且在大多数情况下，在钳制的时候，用肩膀硬邦邦地去撞对方的肋部。搞拳击的有个说法，即就造成的伤害来说，用肩膀和拳打一样奏效，而就消耗体力小而言，用肩膀却要好得多。另外，在用臂钳制的时候，汤姆把全身重量压到对手身上，久久不松手。这一来，裁判只得出面干预，把他们拉开。桑德尔自己也使劲地挣扎，因为他不知道趁机歇口气。桑德尔总是忍不住要挥动那双无比健美的胳膊，卖弄那身不停扭动的肌肉。汤姆冲上来把他一把钳住，用肩膀撞他的肋部，把头靠在他的左臂下，每逢这种情况，桑德尔无一例外地挥动右拳，从自己背后去打对方露出的脸。这一招

大作家讲的小故事

很漂亮，观众佩服得五体投地，可是打得不痛不痒，因此等于浪费力气。尽管如此，桑德尔仍是不知疲倦，肆意逞强。汤姆则只咧咧嘴，顽强地忍受。

桑德尔使出一种凶狠的右拳，猛击对方的身体。乍一看，好像汤姆挨了无数拳头，只有老拳手才注意到拳头就要落下时，汤姆总是灵活地用戴手套的左手碰一下对方的双头肌，知道这一碰非同小可。不错，每次都打中了，但每次都因为双头肌给碰了一下，拳头下去就没了分量。在第九个回合，汤姆在一分钟内一连三次弯起右臂甩肘去撞对方的下巴，而桑德尔那沉重的身体也一连三次被撞倒，躺在了垫子上。但每次他歇了规定的九秒钟后又站起来，虽然因遭重击还没有回过神来，却仍然体力不减。他的速度慢了许多，也不敢任意消耗体力了。他斗得很苦。但他继续吃他的老本，那就是青春。汤姆的老本是经验。他的活力减少了，精力也衰退了，但他代之以策略，代之以在长年累月的比赛中积累的智慧，代之以慎而又慎地保存体力。他不但知道如何避免任何多余的动作，而且知道如何诱使对方肆意消耗体力。他一次又一次地用手、脚、身体的假动作，虚张声势，不断地诱使桑德尔一时后跳，一时躲闪，一时还击。汤姆自己养精蓄锐，却不让桑德尔有片刻休息。这就是上了年纪的人的策略。

第十个回合开始不久，汤姆就开始多次用左拳直取对方的脸，以阻挡对方的猛烈攻势。桑德尔已经不敢大意，只得小心招架，先让左拳打过来，然后低头一闪，右手一挥，一记钩拳直取对方头侧。这种打法拳打得太高，难以收奇效。尽管如此，当汤姆挨了头一拳的时候，他又重温了过去熟悉的一幕，只觉得面前一片漆黑，晕了过去。有一瞬间，或者说有若干分之一瞬间，他不省人事。他刚刚看见桑德尔闪出视野，还有后面一片注视的白面孔，一眨眼他又看见了桑德尔和后面那一片面孔。他好像睡了一会，刚刚重新睁开眼睛。不过，他昏迷的时间短暂得可以忽略不计，所以还来不及倒下。观众只见他身体一摇晃，膝头一软，马上又看见他恢复了常态，把下巴紧贴左肩，保护起来。

桑德尔照此办理又来了几次，使汤姆一直处于一种半昏迷状态。后来汤姆想出了一招，既可防守，又可还击。他左手虚晃一拳，立刻后退半步，同时使出右手钩拳用足力气向上猛击。这一拳出手不早不迟，桑德尔猛一低头闪避时，拳头不偏不斜扎扎实实打在他脸上。桑德尔双脚离地，身体蜷曲，往后一倒，脑袋和肩膀撞到了垫子上。汤姆这样把对手打倒两次以后，就放开了手脚一阵痛击，把对手逼到绳子边。他没有让桑德尔喘气，重整旗鼓，就一阵拳头盖过去。只见全场观众都站了起来，空中响起一片暴风雨般的欢呼声，经久不息。桑德尔的体力和耐力真是超群，他依然没有倒下。那光景看来桑德尔非给打昏不可。场边的一名警官吓坏了，赶忙站起身阻止这场比赛。锣响了，宣布这一回合结束。桑德尔跌跌撞撞地向自己的一角走去，一边向警官争辩说他一点没事。为了证明这一点，他向后轻松地连蹦了两下。警官只得让步。

汤姆·金在自己的一角仰靠着，气喘吁吁，心里非常失望。要是比赛就此结束，裁判说不定会判他赢，那笔奖金就归他了。他和桑德尔不同，参加比赛不是为了风光体面，也不是为了事业前途，而是为了三十个金镑。可现在，桑德尔可以利用一分钟的休息缓过气来。

青春要得到犒劳——这句话闪过汤姆的脑海。他不禁想起头一回听到这句话的情形。那是他打垮斯托什尔·比尔的那个晚上。那次比赛以后，一个小街痞子请他喝酒，拍着他的肩膀，说了这句话。青春要得到犒劳！小街痞子没说错。多年以前的那个晚上，他代表青春。今天青春却正坐在对面的角落里。至于他自己，他已经比赛了半个钟头，而他又上了年纪。要是刚才他像桑

大作家讲的小故事

德尔那样不顾一切地斗，他就会坚持不了一刻钟。现在的问题是他没法恢复元气。那条条凸起的血管和过度疲劳的心脏使他不能在比赛的间隙里恢复体力。两条腿沉甸甸的，开始抽筋。他本应该不走那两哩路来比赛的。还有，早上一起来心里就老想吃而没有吃上的牛排。一想到那些肉店老板不愿赊账，他不由得恨从心头起，恶向胆边生。要一个老头子不吃饱肚子去斗拳太叫人为难了。一块牛排是小得不能再小的事，花不了几文钱，但是对他来说却意味着三十个金镑。

第十一个回合的开场锣声一响，桑德尔就强打精神，锐气十足地发起了猛攻。汤姆一眼就看出了破绽——那不过是虚张声势，是拳击比赛中玩的老把戏。他先是用臂钳住对方，保护自己，接着一松开，让桑德尔摆好架式。这一切都是汤姆有意安排。他左手虚晃一拳，对方头一低，臂一挥，使出钩拳往上一击。说时迟，那时快，汤姆后退半步，一记上钩拳，不偏不斜正中桑德尔的脸，使他瘫倒在垫子上。这以后他连连出手，虽然自己也挨了拳头，但打出的拳头要多得多，一顿老拳把桑德尔逼到绳子上。他使出各种路数，又是钩拳，又是直打，或挣脱，或先发制人，打破对方的钳制。每当桑德尔要倒下时，他一只手抓住他一提，另一只手立即一顿拳头把他逼到绳子上，使他没法摔倒。

这时全场观众像疯了一般，而且都是为他喝彩。差不多所有的人都在狂呼："汤姆，加油！""收拾他！收拾他！""汤姆，你赢了！你赢了！"看来比赛就要在旋风般的攻势下结束，花钱看拳击比赛就是看的这个。

在这半个小时里汤姆·金一直在积蓄力量，他知道自己还可以施加一次沉重打击。于是孤注一掷，把力量全使了出来。这是他唯一的机会，机不可失，时不再来。他的体力消耗得很快，他希望在精疲力竭以前把对手打翻在地，数完秒都爬不起来。他一边不停地挥拳、进逼，一边冷静地掂量打击的分量和造成什么样的伤害。这时他才认识到桑德尔这个人是多么难打倒。他有卓绝的坚韧和耐力，而且是未泄元气的青春的坚韧和耐力。桑德尔无疑是后生可畏。他有拳击手的优良素质。只有这样坚固耐用的材料才能塑造出第一流的拳击手。

桑德尔已经趔趔趄趄，踉踉跄跄，可汤姆·金的两腿也开始抽筋，指关节也疼痛难忍。然而他还是一咬牙，连连挥拳狠狠地打击。每打一拳，他那备受磨难的手都痛不可当。尽管这时他几乎不再挨拳头，但他也和对方一样力气消耗很快。他的拳头能打中要害，但已没有先前的分量，每打一拳都要付出巨大的意志力。他的两条腿像铅一样沉重，可以明显地看出行走十分艰难。与此同时，桑德尔的支持者为这个迹象而欢欣鼓舞，开始大喊大叫，为他们的拳击手鼓劲。

汤姆一急之下来了一股蛮劲。他一连挥出两拳——左拳打向心口，但略偏高一点，右拳直取下巴。这两拳打得并不重，但桑德尔已经虚弱不堪，头昏眼花，还是被打倒，躺在那里抖个不停。裁判俯身站着，在他耳边大声数着生死攸关的秒。要是数到十秒他还没有起来，这场比赛他就输了。全场观众站在那里，一片肃静。汤姆趁机喘口气，站在那里两腿簌簌发抖。他感到一阵天旋地转，眼前一张张的脸像汇成一片汪洋大海，起伏颠簸。耳边传来了裁判的读秒声，好像来自遥远的地方。不过他认为已稳操胜券。一个人被打得这样惨，是没法站起来的。

只有青春能够站起来，因此桑德尔站起来了。数到第四秒时，他翻了个身俯睡着，盲目地去抓绳子。数到第七秒时，他艰难地半撑起身，单跪着歇了一会，脑袋在肩膀上直摇晃。等到裁判一喊"九"，桑德尔已经站得笔直，摆好姿势，准备招架。他左臂抱住

大作家讲的小故事

脸，右臂护着腹部，这样保护着要害部位，东倒西歪地向汤姆走去，想狠狠地打出一记钩拳，争取更多的时间。

桑德尔一站起身，汤姆就向他发起了攻势。可是他打出的两拳被招架的胳膊一挡，就失去了力量。一转眼，桑德尔伸臂把他钳住，拼命不松手，裁判使劲才把他们拉开。汤姆也帮着使劲，挣脱出来。他知道青春恢复起来快得惊人，他也知道只要能阻止桑德尔恢复，桑德尔就会拱手称臣。只要狠狠地擂一拳就会大功告成。桑德尔会拱手称臣，毫无疑问会拱手称臣。他已经在谋略上胜过了桑德尔，在斗拳上胜过了他，在得分上也胜过了他。桑德尔摇摇晃晃从钳制中挣脱出来，在失败和生存之间小心翼翼地走着钢丝。只要扎扎实实一拳就能把他打翻，一蹶不振。这时汤姆·金想起那块没有吃到的牛排，突然满腔怨恨。眼前这一拳可说是生死攸关，要是有那块牛排垫底该多好！他运足力气，挥出一拳，可打得太快，没有分量。桑德尔晃了晃，但没有倒下，趔趔趄趄地往回走，退到绳子那儿，支撑着。汤姆也跟跟跄跄跟上去，忍着全身像要散架一样的巨痛又打出一拳。但是他已经力不从心。他身上只剩下一种格斗的意识，这种意识也因为过度疲劳而变得模糊。那一拳本来是要取下巴的，却只打到肩膀。他运用意志的力量不断提醒自己打高点，但是疲劳不堪的肌肉已不听使唤。而且，由于这一拳的反作用，汤姆·金自己也摇摇晃晃地往后一退，几乎摔倒。他挣扎着又打了一拳。这一拳完全落了空，自己也因为油尽灯枯，顺势倒在了桑德尔身上，紧紧扭在一起不松手，以免自己垮下。

汤姆·金根本不打算脱身。他已经把老本花光。他完了，而青春却得到了犒劳。当裁判使劲把他们拉开时，他看到就在他眼前，青春正在恢复。就在他们扭在一起的时候，他的身体也感觉到桑德尔的体力在恢复。桑德尔体力越来越强，简直是一刻一个样。这家伙打出的拳起初还没有劲，不中用，这时却又狠又准。汤姆·金昏花的两眼看见戴了手套的拳头直取自己的下巴，于是下意识地使劲抬起胳膊去挡。但是那胳膊好像有千斤重。它已经不能自动抬起，他于是拼命用意志把它往上使劲。拳头一下命中。他像触电一样，仿佛被什么狠狠咬了一口，眼前一黑，不知所之。

等到他再睁开眼时，发现自己身在自己的一角，只听见全场观众喊声雷动，像邦迪海滨的裂岸惊涛。有人正把一块湿海绵敷在他的颈背上，席德·沙利文则正在向他脸上和胸口喷冷水，使他清醒。他的手套已经脱掉，桑德尔正弯下腰和他握手。汤姆对这个打垮自己的人毫不记恨，他也真诚地使劲握住桑德尔的手，把伤残的指关节都握痛了。然后桑德尔走到场子中央接受小普隆托的挑战，并且建议把外加的赌注提高一百镑。汤姆木然地看着这一切，任凭助手为自己拭去满身的汗水，擦干脸，好让他离开场子。他感到一阵饥饿。不是像通常那样饿得胃阵阵作痛，而是饿得天旋地转，饿得心窝震颤，传遍全身。他回想刚才的比赛，想起了自己把桑德尔打得摇摇晃晃、东倒西歪，行将完蛋的那一刻。唉，要吃了那块牛排就大功告成了！那决定胜负的一拳就少了这么点东西垫底，于是全盘皆输。全都是因为少了那块牛排。

两个助手架着他，想扶他钻过绳子。他挣脱开来，头一低钻了过去，纵身一跳，重重地落到地上。于是他们在前面开路，他紧跟在后，就这样从拥挤的中央通道走了出去。当他离开更衣室向街上走去时，一个小伙子在大厅的入口处和他搭腔。

"刚才他捏在你手心里，你干吗不收拾他？"小伙子问。

"滚你妈的蛋！"汤姆·金一边说，一边走下台阶，来到人行道上。

大作家讲的小故事

街道拐角处酒店的门不断被摔开,他看见里面的灯光和满面笑容的酒吧女,听见许多人谈论这场比赛的声音和钱被丢到柜台上的叮当响声,这一切说明生意很红火。有人大声叫他去喝一杯。他明显地犹豫了一下,就谢绝了,继续往前走。

他口袋里没有一文钱,回家的两哩路走起来好像特别长。他的确是老啦。经过都门公园的时候,他突然在一条长凳上坐下来,因为他想起老婆正在熬着不睡,等他回来告诉比赛的结果,不禁心灰意冷。这件事比任何惨败都要命,几乎不可忍受。

他疲惫不堪,浑身酸痛,伤残的指关节疼痛难忍,使他意识到即使能找到卖苦力的活,在一个星期内也握不住镐柄、铲把。饥饿引起心口阵阵痉挛,使他想吐。他想到自己落到这个地步,精神终于彻底崩溃。从来有泪不轻弹的他,这时也禁不住哭了。他双手捂住脸,一边哭,一边想起了斯托什尔·比尔,想起了多年前的那个晚上自己逼得人家走投无路的光景!可怜的老斯托什尔·比尔!他现在才明白当初比尔为什么在更衣室大放悲声了。

赏析与品读

《一块牛排》是杰克·伦敦最优秀的短篇小说之一。这是老年和青春的搏斗,一名曾经在拳击场上辉煌过的老拳击手因为生活难以为继,不得不重返赛场,只为那三十金磅。年轻时为了金钱、荣誉、前程而战,年老时为了生存而战。

一块牛排象征着汤姆·金逝去不再来的青春,以及伴随青春的荣誉和财富。这篇小说情节虽然简单,但细腻、准确而丰富的细节描写和心理刻画,彰显了作者对生活的深刻观察和对人物的准确塑造。

"棕 狼"

● 带着问题读一读，你会收获更多 ●

1. "狼"即将离去时，玛奇为什么没有发出亲切的召唤声？
2. 设想一下，如果你是诗人夫妇，当你面临这样的抉择时，你会怎样做？

大作家讲的小故事

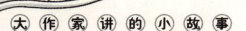

草上沾满露水，她为了穿罩靴，来迟了点。她从屋里出来时，发现丈夫正看着一支含苞欲放的巴杏蓓蕾出神。他用探询的目光在深草间和果林里来回巡视了一遍。

"'狼'呢？"她问。

"它刚才还在这里。"沃尔特·欧文正沉浸在花开花落这一生物界奥秘的玄妙和诗意之中，这时猛地惊醒，环视了一下周围的原野。"我最后一次看见它，它正在追兔子。"

"'狼'！'狼'！'狼'你过来！"她大声呼唤。这时他们离开林中空地，走上了那条穿过一片开着白惨惨的钟状花的熊果林，通向县大道的小径。

欧文也帮她呼唤。他把两个小指头塞到上下唇之间，发出一声尖利的口哨声。

她连忙捂住耳朵，扮出一副苦相。

"天哪！你还是个诗人呢，天生高雅脱俗什么的，居然也能发出这样难听的声音。我的耳鼓都刺破了。你吹口哨简直赛过——"

"奥菲士。①"

"我正要说赛过街上的小叫花子。"

"有诗才并不妨碍一个人食人间烟火。至少不妨碍我这样做。我的诗才不是那种无益之才，它是可以产生佳作，拿到杂志去换钱的。"

他故作夸张地滔滔不绝往下说："我可不是阁楼歌手，不是舞厅歌星。为什么？就因为我是一个食人间烟火的诗人。我的歌可不是那种穷酸的歌，它有一定的交换价值，可化成一幢屋顶开满鲜花的别墅，一块山间草地，一小片红杉林，一处有三十七棵

---

① 奥菲士（Orpheus），希腊神话中的诗人和歌手。善弹竖琴，弹时可使猛兽俯首，顽石点头。

果树的果园，一长行黑刺莓和两短行草莓，当然还有一段四分之一哩长的潺潺的小溪。我是个出售美的商人，是个歌贩子，我追求的是实惠，亲爱的玛奇。我吟成一曲，蒙杂志编辑的青睐，把它化作从我们的红杉林间呼啸而过的一阵西风，化作从长满苔藓的石头上流过的汩汩的溪水。那溪水唱的不是我那支歌，却是同一支歌的美妙——化身。"

"但愿你所有的歌的化身都如此成功！"她大声笑了。

"你说出一个不成功的看看。"

"比如那两首出色的十四行诗，你把它们化作一头母牛，那母牛可算得上全乡最蹩脚的奶牛。"

"可它很漂亮——"他说。

"但就是不出奶。"玛奇打断了他的话。

"可它的确漂亮，可不是吗？"他坚持自己的看法。

"漂亮和实惠在这里发生了冲突。"她回答说，"啊，'狼'在那里！"

从长满灌木丛的山坡传来了林下灌丛哗啦啦的响声，接着在他们上方四十呎高的峭壁边缘，露出了一个"狼"的脑袋和肩膀。它那紧紧抓住的前爪碰动了一块卵石，于是耳朵一支棱，目光灼灼地看着卵石落到他们脚跟前。然后它移开目光，张开嘴欢快地俯看着他们。

"好你个'狼'！""你这该死的'狼'！"那男人和女人连连唤它。

听到这声音，它那支棱着的耳朵朝后平贴下来，头也仿佛偎依着，好像有一只无形的手在抚摸。

他们看着它跌跌撞撞地钻进身后的灌木丛，这才动身往前走。几分钟以后，他们来到小径拐了个弯、坡道略微平缓的地方，这时

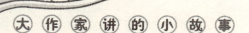

大作家讲的小故事

它伴随着一阵小山崩似的卵石和松土来到他们面前。它感情不轻易外露。男人只轻轻拍一拍、摩挲一下它的耳朵，女人爱抚的举动时间稍长一些，这一切已足以使它沿着小径欢欣前奔，在崎岖的路面上轻松敏捷地跑着，那架势完完全全是一条狼。

从体形、毛皮和毛茸茸的尾巴看，它是一匹硕大的狼；但是它的毛色和斑纹都表明这狼有假。这两点是明显的狗的特征。没有哪条狼有它那种毛色。它浑身棕色，深棕、红棕、杂色斑纹的棕。背部和肩部是暖棕色，两侧和腹部颜色变浅，呈黄色，但因为间杂着棕色，显得不干净清爽。颈前部和脚爪是白色，眼上方有白色斑纹，但白中总带棕色，看起来脏兮兮的。两只眼睛地地道道是两块黄宝石，金灿灿，黄澄澄。

男人和女人酷爱这条狗，也许因为费了九牛二虎之力才赢得它的友爱。这件事一开始就不容易，当初它不知从什么地方神秘地漂泊到这里，来到他们的山间小别墅。它因长途跋涉而行走不便、饥饿不堪，一来就在他们的窗户下面、眼皮底下咬死了一只兔子，然后偷偷走开，到黑刺莓丛脚下的那眼山泉旁去睡觉。沃尔特·欧文去看这位不速之客，却费力不讨好，因为狗对着他狺狺直吠。玛奇为了表示友好，端去了一大锅面包和牛奶，狗也一样对她嗥叫。

后来才知道它是一条非常乖僻的狗，它憎恨他们所有的友好举动，不让他们用手碰它，对他们龇牙咧嘴、毛发倒竖。不过它没有离开，还是在山泉旁睡觉、休息。他们离它远远地把食物放下，走开以后，它才去吃。它的身体状况太差，这是留下来的原因；等到身体恢复，又逗留了几天，就不见了。

本来就欧文夫妇来说，它的故事到这里就完了。但就在这时，欧文因事去了州的北部。他乘坐的火车行驶在离加利福尼亚和俄勒冈之间的边界不远的地方，这时他偶尔往车窗外一望，正好看到他的那个乖僻客人沿着公路悄悄前行，一身棕毛，凶野似狼，疲惫不堪却孜孜不倦，因走了两百哩路而风尘仆仆，邋里邋遢。

欧文是个诗人，喜欢感情用事。他在下一站下了车，在肉店买了块肉，在小镇郊外逮住了这个流浪者。回程坐的是货车，就这样，"狼"又一次来到山间小别墅。在那里把它拴了一个星期，男人和女人向它大献殷勤。那是一种小心翼翼的献殷勤。它像外星来客一样孤傲、怪僻，对他们的轻言款语总是报以嗥叫。它从不吠叫。他们留住它的整个这段时间里，从没有听见它吠叫。

如何赢得它的友情成了一大难题。欧文喜欢难题。他定做了一块金属牌子，镌刻着下面的字样：请送还加利福尼亚州索诺马县的沃尔特·欧文和格伦·埃伦。他把牌子焊在颈圈上，扣上狗的脖子。然后把它放了，顷刻之间它就跑得无影无踪。一天以后，收到一封从门多奇诺县发来的电报。它在二十个钟头里往北走了一百哩，逮住它的时候还在往北走。

它通过韦尔斯法戈①特快专运被送了回来，拴了三天，第四天一放开就跑丢了。这一回它跑到俄勒冈州南部才被人逮住送回。每次它都是一获得自由就逃跑，每次都是往北跑。它有一种顽固的冲动，驱使它往北跑。欧文把这称之为返回本能。那时他花掉刚从一首十四行诗所获的稿费，把这畜生从俄勒冈州北部弄回来。

又一次，这个棕色的流浪者跨越了半个加利福尼亚州的长度，跨越了整个俄勒冈州，还跨越了华盛顿州的大部，才被人捉

---

① 威廉·乔治·法戈（William George Farg, 1818—1881），美国实业家，组织韦尔斯法戈公司（Wells, Fargo&Company）从事运输及银行业。

大作家讲的小故事

住,以"货到付款"的方式托运回来。令人惊异的是它行走的速度。它一吃饱,休息够了,只要一放开,它就全力以赴赶路。它第一天跑的路有时多达一百五十哩,然后平均每天跑一百哩,直到被逮住。每次被送回时它都是又瘦又饿又凶,每次离开时则是精神饱满、生气勃勃,由于生命中的某种神秘的召唤而顽强地向北方跋涉。

经过一年徒劳的逃跑之后,它终于听天由命,情愿在当初它曾咬死一只兔子、在山泉旁睡觉的别墅待下来。就是留下来以后,又过了好长一段时间,男人和女人才能拍它。这是一个伟大的胜利,因为只有他们能够用手碰它。它出奇地落落寡合,来到别墅的客人没有一个能亲近它。凡是想这样做得到的都是一声低沉的怒吼;要是有人冒冒失失地走拢,它就嘴一咧牙一龇,低沉的怒吼变成了嗥叫——那叫声特别可怕、特别凶恶,最大胆的客人也为之却步,附近农民的狗也望而生畏。这些狗熟悉普通的狗叫,但从来没有听见过狼嗥。

它来历不明。它的故事只能从沃尔特和玛奇看到它的时候说起。它打南边来,显然是从主人家逃走的,可主人是谁,没有任何线索。约翰逊太太是他们的紧邻,他们从她那里买牛奶。她声称这是一条克朗代克①狗。她的老兄当时正在那个遥远的地方采掘冻土下的矿藏,在这件事上她理所当然地以行家自居。

他们没有和她争论。确确实实,"狼"的耳尖显然曾经严重冻伤,后来一直没有完全长好。此外,它也确实酷似他们看到的登在杂志和报纸上的阿拉斯加狗的照片。他们经常揣测它的过去,想象(根据他们从书上看到或者听人说起的有关情况)它以

---

① 加拿大西北部克朗代克河周围的河谷地区。1896年在此发现金矿,曾引起淘金热。

前在北国生活的情景。北国仍然吸引着它，这一点他们明白，因为夜间有时听见它轻轻地嗥叫。而每当北风骤起，空气严寒，砭人肌骨的时候，它会忽然变得坐卧不宁，还会发出一声凄厉的哀号，他们一听就知道是狼的长嗥。但它从来不作狗吠。不管怎么惹它，都不能使它发出狗的叫声。

在争取它的友情的日子里，他们有过长时间的交谈，想确定它到底应该属于谁。两人都说狗属于自己，两人对狗的任何亲近的表示都高声宣布。起初男人在这方面占了上风，主要是因为他是个男人。显而易见，"狼"从来没有和女人打过交道。它不了解女人。玛奇的裙子一直使它感到不习惯。裙子窸窣作响使它毛发竖立，疑心重重。一到刮风天，她就休想走近它。

但是另一方面，给它食物的却是玛奇；而且主宰厨房的是她，有了她的恩准，也只有她的恩准，它才得以进入那块神圣的地盘。正是由于这些，她才有可能克服衣着上的不利条件。不过煞费苦心的还是沃尔特，他写作时习惯让"狼"躺在脚边；不断爱抚它，和它说话，占去了许多写作的时间。最后沃尔特赢得了胜利，而他的胜利很可能是因为他是个男人这一事实。不过玛奇振振有词地说，如果沃尔特好好地把精力花在诗歌转化上，听从"狼"按照自己本来的爱好和独立判断行事而不去打扰它，那么他们两人一定又有了一段四分之一哩长的潺潺小溪，有了至少两股从红杉林间呼啸而过的西风。

"我寄出的那些八行两韵诗也应该有回音了。"沃尔特在沉默了五分钟之后这么说。在这五分钟里，他们一直自由轻快地沿小径而下。"我相信有张支票寄到了邮局。我们会把它变成高级荞麦粉，一加仑槭糖浆，还有一双你穿的新罩靴。"

"还变成约翰逊太太的高级母牛的高级牛奶。"玛奇补上一

句。"明天是1号,你知道。"

沃尔特不禁皱了皱眉;接着又满脸高兴起来,用手一拍胸口袋。

"别担心。我这里有一头非常高级的新母牛,是全加利福尼亚最出色的奶牛。"

"你什么时候创作的?"她急切地问。又娇嗔地说:"你从来没有给我看过。"

"我是有意留着,等到去邮局的路上,找一处地方,再念给你听。这里正是我要找的地方。"他一边说,一边挥手指了指一段可以坐的干原木。

一道细细的溪流钻出茂密的蕨丛,从一块边缘长满苔藓的岩石上流下,穿过他们脚下的小径。山谷里响起了草地鹨音色柔和的鸣叫,而他们四周,巨大的黄蝴蝶翩翩起舞,在阳光下和阴影里穿进穿出。

从下面又传来一种声音,引起了正在吟诵诗稿的沃尔特的注意。那是嘎吱嘎吱的沉重的步履声,不时还伴随着踩松的石头骨碌碌的滚落声。沃尔特念完诗,看着妻子,等她发表看法。这时只见从小径拐弯处走来一个人。这人光着头,一身大汗。他手里拿着一条毛巾擦汗,另一只手拿着一顶新帽子和一条从脖子上解下、已经软搭搭的浆过的衣领。他是个体格结实的人,肌肉似乎即将胀破身上那套新得刺眼的现买的黑衣服。

"你好。今天天气蛮暖和。"沃尔特和他打招呼。他这个人赞同乡下人的平易作风,一有机会就要实践一番。

那人停下来,点了点头。

"我恐怕不太适应这种暖和天气。"他有点矜持地说,语气略带歉意,"我更习惯于冰冻的天气。"

"这一带可没有那种天气。"沃尔特哈哈一笑。

"恐怕是没有。"那人说,"我也不指望这里有那种天气。我是来找我的妹妹的。说不定你知道她住哪里。她夫家姓约翰逊,大家管她叫威廉·约翰逊太太。"

"你莫非是她那个在克朗代克的老兄?"玛奇嚷开了,目光闪烁,表现出浓厚的兴趣,"她总是提到你。"

"是的,她说的就是我。"他谦恭地回答,"我姓米勒,叫斯基夫·米勒。我打算让她大吃一惊。"

"那你找对了地方。只不过你是走的小路。"玛奇站起身为他指路,指着峡谷上方四分之一哩的地方说,"你看见那棵枯死的红杉树了吗?走右拐的小道。这是去她家的捷径。你肯定会看到那栋屋。"

"好的,谢谢您,太太。"他说。

他提脚要走,可又站在原地不动,显得很尴尬。他正以毫不掩饰的羡慕之情注视着她,而自己对此浑然不觉。这种羡慕连同他本人都被窘迫的海潮所淹没,只留下他在海潮中挣扎。

"我们想听你谈谈克朗代克的情况。"玛奇说,"你住在你妹妹家的时候我们哪天过去看你行吗?要不干脆你过来和我们一起吃顿饭?"

"好的。谢谢您,太太。"他心不在焉地咕哝着说。接着他清醒过来,补充道:"我不会待好久。我得马上去北方。坐今晚的火车走。您瞧,我和政府订了个承包邮件的合同。"

玛奇说感到很遗憾。这时他又抬脚想走,但仍然无法把目光从她脸上移开。他的羡慕之情使他忘记了窘态。这一回轮到她脸红和感到难堪了。

这是一个关键时刻。沃尔特刚想好自己该说点什么来缓和一

大作家讲的小故事

下气氛，就在这时，一直在灌木丛里钻来钻去不见踪影的"狼"狼气十足地一路小跑来了。

斯基夫·米勒的失态顷刻消失。面前的美貌女人在他的视野中已不复存在。他眼里只有那条狗，脸上露出百思不解的神情。

"唔，真是咄咄怪事！"他沉吟着说。

他若有所思地在一截原木上坐下，让玛奇站在那里。"狼"一听到他的声音，支棱着的耳朵就平贴下来，然后嘴一张，露出欢快的样子。它慢慢地跑到陌生人跟前，先是用鼻子去嗅他的手，然后又用舌头去舔。

斯基夫·米勒拍拍狗的脑袋，缓慢地、沉思地重复道："真是咄咄怪事！"

"对不起，太太。"他随后说道，"我只是有点奇怪，没有别的。"

"我们也感到奇怪。"她轻松地说，"我们以前从来没有见过'狼'对一个陌生人亲热。"

"'狼'——您是这么叫它？"那人问。

玛奇点点头。"但是我不明白它为什么对你这么友爱——除非是因为你来自克朗代克。它是条克朗代克狗，你知道。"

"是的。"米勒心不在焉地说。他抓起"狼"的一条前腿，仔细察看那肉掌，用拇指按着、揿着。"有点软。"他说，"有好一段时间没跑长路了。"

"听我说。"沃尔特插了话，"它让你这么摆弄，真是怪事。"

斯基夫·米勒站起身，不再傻乎乎地羡慕玛奇的美貌，而是以一种精明的、谈正事的口气问："它到您这里有好久了？"

就在这时，在新来者双腿间扭动、摩擦着的狗，一张嘴吠了。那是一声突发的吠声，短促而欢快，但确是一声狗吠。

"这对我也是件新鲜事。"斯基夫·米勒说。

沃尔特和玛奇你看着我，我看着你，莫名其妙。奇迹终于出现了。"狼"居然吠了。

"这是它头一次吠叫。"玛奇说。

"我也是头一次听见它这么叫。"米勒主动告诉她。

玛奇对他莞尔一笑。这人真够幽默的。

"这还用说。"她说，"你见到它才五分钟。"

斯基夫·米勒严厉地看着她，想从其脸上找出狡诈。她的话使他产生了怀疑。

"我还以为您搞清了是怎么回事。"他慢慢地说，"我以为您从它和我亲近这件事弄明白了是怎么回事哩。它是我的狗。它的名字不是'狼'，是'棕棕'。"

"啊，沃尔特！"玛奇情不自禁地对丈夫嚷道。

沃尔特当即警惕起来。

"你怎么知道它是你的狗？"他质问道。

"它本来就是。"对方回答。

"你没讲出任何理由。"沃尔特口气严厉地说。

斯基夫·米勒以惯有的不急不慢、若有所思的神气看了看他，然后用头向玛奇一点，问道：

"你怎么知道她是你的妻子？你只能说：'她本来就是。'我就说你讲不出任何理由。狗是我的。是我养大的，我想我不会认不出来。你听着。我可以向你证明这一点。"

斯基夫·米勒转向狗。"'棕棕'！"他的声音又尖又亮，狗一听到这声音，耳朵立刻平贴下来，仿佛受到爱抚一般。"向右转！"狗猛地向右转开了圈。"好了，开步——走！"狗立即

大作家讲的小故事

停止转圈,开始笔直往前走,一听口令又顺从地停步。

"我吹口哨也能使唤它。"斯基夫·米勒自豪地说,"它是我的领头狗。"

"你该不会把它带走吧?"玛奇担心地问,声音有点颤抖。

那人点了点头,表示要带走。

"带回克朗代克,那个活受罪的可怕地方?"

他又点了点头,说道:"噢,其实并没有那么可怕。你看看我,挺结实的一条汉子,不是吗?"

"可那里的狗是另一回事!难熬的艰苦生活,累死人的活,还要挨饿、受冻!啊,我从书上了解这些情况,我很清楚。"

"我有一回差点把它吃了。那是在小鱼河上。"米勒阴森着脸承认说,"要是那天没有打到一头麋鹿,它就算完了。"

"我宁可饿死!"玛奇大声说。

"在那边情况不一样。"米勒解释说,"你在这里没有必要吃狗。但你快到山穷水尽的地步时,想法就不一样了。你从来没有到过山穷水尽的地步,所以你不明白这些。"

"问题就在这里。"她热烈地争辩道,"狗在加利福尼亚是不会被吃的。干吗不把它留在这里?它很快乐。它永远不会缺吃的——这你心里明白。它永远不会挨冻、受罪。这里只有舒适和温情。人和自然都不严酷。它再也不会挨鞭打。至于说天气——哎,这里从来不下雪。"

"不过夏天像个火炉子,说得不好听一点。"斯基夫·米勒大笑道。

"你没有回答我的问题。"玛奇情绪激动地继续说,"那就是:你那北国的生活能给它什么?"

"给他食物。只要不断粮。而大部分时候是不断粮的。"他回答说。

"断粮的时候呢？"

"挨饿。"

"还有活呢？"

"是的，大量的活。"米勒不耐烦地脱口而出，"干不完的活。还有饥荒，还有严寒，还有许许多多别的苦处——它跟我去得到的就是这些。但是它喜欢这些。它对这些已经习惯。它熟悉这种生活。它生下来就过的这种生活，从小到大都过的这种生活。你对这一切不懂。那才是狗的归宿，那才是狗最快乐的地方。"

"这狗不去那儿。"沃尔特口气坚决地说，"因此没有必要再谈下去。"

"这是什么意思？"斯基夫·米勒质问道。他眉头一皱，来了犟脾气，血一涌，前额涨得通红。

"我说了这狗不去那儿。这事就这么定了。我不相信它是你的狗。你也许在某个时候见过它。你甚至可能替它的主人驱使过它。但是它服从阿拉斯加小道上使唤狗的通常口令，这一点并不能表明它是你的狗。阿拉斯加任何一条狗都会像它一样听你的使唤。何况它毫无疑问是一条值钱的狗，狗在阿拉斯加都值钱，这就足以说明你那么想得到它的原因。无论如何你得证明你的所有权。"

斯基夫·米勒镇定自若，因倔犟而涨红的前额颜色深了几分，黑布上衣里面粗壮的肌肉胀鼓鼓的。他仔细地上下打量了一下诗人，似乎想估量一下那单瘦的身躯里有多少力量。

克朗代克人的脸上露出轻蔑。他终于开了口："我看不到有任何东西能阻止我在此时此地把狗带走。"

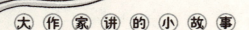

大作家讲的小故事

沃尔特涨红了脸，胳膊和肩膀的肌肉像要动武一样似乎变得僵硬、紧张起来。他的妻子害了怕，慌忙插到他们中间。

"也许米勒先生说的是实话。"她说，"我想他说的是实话。'狼'的确像是认识他，而且一叫'棕棕'的名字，它确确实实做出了反应。它一见米勒先生就对他表示友好。你知道以前它对任何人都没有过这种表示。另外，你看它吠叫的样子。它简直高兴得要命。为什么高兴？无疑是因为看到米勒先生。"

沃尔特准备动武的肌肉松弛了，肩膀也耷拉下来，似乎感到绝望。

"你说的没错，玛奇。"他说，"'狼'不叫'狼'，而是叫'棕棕'。它一定是米勒先生的狗。"

"说不定米勒先生会把它转让出来。"她提示道。"我们可以买下它。"

斯基夫·米勒摇了摇头。但不再剑拔弩张，而是相当和蔼。因为别人一待他宽厚他也乐于宽厚待人。

"我曾经养了五条狗。"他字斟句酌地说，尽力使拒绝委婉一些。"它是领头的。这一套爬犁狗是全阿拉斯加的王牌。1898年有人出五千美元要买这群狗我都没有卖。当然，那时狗的价钱是高。不过，这不是人家出那样大价的原因。完全是在于那套狗本身。'棕棕'是那套狗中的头牌。那年冬天人家出一千二要买它我没卖。我那时没有卖，我现在当然也不会卖。我把这条狗看得宝贝似的。我找它找了整整三年。当我发现它被人偷走时，我难过得要命——不是因为它值钱，而是——嗯，反正我喜欢它喜欢得他妈的要命。请您别介意。我刚才看到它时简直不敢相信自己的眼睛，我还以为自己在做梦，心想天下哪里有这种好事。咳，我地地道道是它的奶妈。我每天晚上打点它睡觉，睡得舒舒服服的。它的母亲死了，是我用两块美金一听的炼乳把它喂大的，当时我自己喝咖啡都舍不得放炼乳哩。它只有我这个母亲。它老是吮我的手指，这个该死的小家伙——就是这个手指！"

斯基夫·米勒激动得说不下去了。他伸出一根食指让他们看。

"就是这根手指。"他声音哽咽地说，似乎那手指是所有权和亲缘关系的确凿证据。

他还在看着伸出的手指出神，这时玛奇说话了。

"但是那狗呢？"她说，"你没有考虑过它。"

斯基夫·米勒显得茫然。

"你为它想过吗？"她问。

"不明白您的意思。"米勒答道。

"狗在这件事中也许有自己的选择。"玛奇继续说，"也许它有自己的喜爱和愿望。你没有考虑它。你没有给它选择的机会。它可能宁可留在加利福尼亚，不愿去阿拉斯加。可你从没有想过这一层。你只考虑自己想怎么好。你把它当做一袋土豆、一捆干草一样对待。"

这是看问题的一个新的角度。米勒思想上激烈地斗争着，明显地被这道理说服了。玛奇抓住他的迟疑不决，趁热打铁地说：

"要是你真的爱它，对它来说是快乐的事也应该是你的快乐。"她将了一军。

斯基夫·米勒思想上继续斗争着。玛奇喜形于色地偷偷看了丈夫一眼，后者向她报以热情赞赏的目光。

"您认为怎样？"克朗代克人突然问。

这一回轮到她摸不着头脑了。"你的意思是？"她问。

"您认为它会宁愿留在加利福尼亚吗？"

大作家讲的小故事

她满有把握地点点头。"这一点我敢肯定。"

斯基夫·米勒思想上又斗争了一番,不过这回他念出了声,一边用凝视的目光打量着那条成了争端的狗。

"它干活是好样儿的。它给我干数不清的活。它从来不给我偷懒。它还是第一流的领头狗,能把一套未经训练的狗弄得服服帖帖。又有头脑。除了不能开口说话,它什么都能。能听懂你对它说的话。您瞧它现在这个样子。它知道我们是在说它。"

狗这时正躺在斯基夫·米勒的脚边,头贴着脚爪,支棱着耳朵听着,急切的目光随着话音在不同说话人的嘴上迅速移来移去。

"它还可以干好多活。还能使上好多年。我的确喜欢它。喜欢得要命。"

这以后斯基夫·米勒有一两次想说什么,但没有说出来。最后他才说:

"我告诉你们我打算怎么办。太太,您的话说得有些道理。这条狗已经出了大力,也许它应该享受一下,有权作出选择。不管怎样,我们让它自己拿主意。不管它想要怎样,都照它的办。你们两个就坐在这里别动。我一道别,若无其事地离开。要是它想留下,就让它留下。要是它想和我走,就让它走。我不唤它走,你们也不要唤它回来。"

他忽然不放心地看了看玛奇,补充说:"不过你们得光明正大。不要我一转身就引诱它。"

"我们会光明正大。"玛奇说。但是斯基夫·米勒突然打断她作的保证。

"我知道女人的脾气。"他大声说,"她们心慈。她们心一软,就免不了玩点小花样,耍点小聪明,谎话满天飞——对不

148

起,太太。我说的是女人一般的情况。"

"我真不知道如何感谢你。"玛奇的声音都发颤了。

"我看不出你有什么理由要感谢我。"他答道。"'棕棕'还没有拿主意。那么我现在就慢慢地走开,你们不介意吧?这样再公平不过了。因为我走不到一百码就会看不见了。"

玛奇表示同意,又说:"我答应你决不玩什么手段去引诱它。说到做到。"

"那好,我现在恐怕得走了。"斯基夫·米勒说,那口气和平常告别的口气一样。

"狼"一听到他话音的变化,立刻扬起了头。

客人和女人一握手,它刷地站起,然后忽地用后腿站立,把前爪搭在她的髋部,一边舔着斯基夫·米勒的手。当米勒和沃尔特握手时,"狼"又重复了这个动作,把全身重量放在沃尔特身上,并且舔着两个男人的手。

"我跟你们说,这可不是件轻松愉快的事。"克朗代克人留下这句话,一边转身,沿小径慢慢地走了。

在开头二十呎的距离内,"狼"一直看着他走。它满怀急切和期待,仿佛指望那人转身往回去。接着,它发出一声低沉的哀号,一纵身跟上去,追上那人,轻轻咬住他的手,不让他走,温和地竭力想阻止他。

"狼"看到不行,又飞快地跑回沃尔特·欧文坐的地方,咬住他的衣袖,徒劳地想拖着他去追赶越走越远的那个人。

"狼"越来越担心起来。它唯愿自己能够分身。它想同时分处两地,既和老主人也和新主人在一起。但是两人之间的距离却越来越远。它急得到处蹿,紧张不安地、急促地跳跃、转身,一时朝这个跑,一时又去追那个,左右为难,无比烦恼,不知道该

大作家讲的小故事

怎么办。两个它都想要，两个它都丢不开，急得不断发出急促的尖声哀叫，并且开始喘气。

它猛地蹲下，鼻子朝天一冲，嘴抽搐着一张一合，每张一次，嘴开得更大。这些抽搐的动作和喉部反复出现的痉挛合拍，痉挛也一次比一次厉害、剧烈。随着抽搐和痉挛，喉咙开始振动，起初是无声的，只是伴随着肺部的气体排出，然后是一声低低的、深沉的哀叫。那是人耳能听到的最低的声音。所有这一切是嗥叫的紧张而强有力的前奏。

眼看就要放开喉咙大声嗥叫，就在这时它张大的嘴忽然合上，一阵阵的发作也停止了。它久久地、一动不动地看着远去的人。猛然间"狼"转过头去，越过肩头同样一动不动地注视着沃尔特。可是这种求助没有得到响应。狗没有得到一句话、一个手势，没有任何示意、任何提示告诉它该怎么办。

它朝前看了一眼，发现老主人就要走到小径的弯道那里，又骚动不安起来。它一声哀叫，纵身而起，忽然有了新主意，开始把注意力放在玛奇身上。到目前为止它一直没有注意她，但现在两个主人都让它失望，只剩下她了。它走到她跟前，把头偎依在她的膝头，用鼻子轻轻地推她的手臂——这是它向人求助时玩的老把戏。它从她身边退开，开始嬉闹地扭动旋转，蹦跳腾跃，两只前脚掌抬到一半，又高又猛地扑到地上，从哄人的眼神和平贴的耳朵到摆动的尾巴，全身无一处不在使劲，竭力要表达想说而说不出的话。

这一番努力它也很快放弃了。这几个人的冷漠使它心灰意冷，而他们以前从来没有冷漠过。它不能引起他们的任何反应，得不到他们的任何帮助。他们根本没把它放在心上。他们简直像死人一样。

它转过头，默默地凝视着老主人。斯基夫·米勒正在转弯。一会儿就会看不见他了。但是他一次也没有回头，而是迈着沉重的脚步缓慢地、从容不迫地笔直往前走，似乎对背后发生的一切毫无兴趣。

就这样他走出了视野。"狼"期待他重新出现。它等了好一会儿，默默地、安静地等，一动也不动，仿佛变成了一块石头——但是是一块满怀热切和渴求的活石头。它吠了一声，等待着。然后转身跑回沃尔特·欧文那里。嗅了嗅他的手，沉沉地在他脚边躺下，注视着空无人迹的小道在拐弯处消失的地方。

那条从边缘长满苔藓的岩石上泻下的细细溪流，它的潺潺水声好像忽然大起来。除了草地鹨的叫声，再没有别的声响。那些巨大的黄蝴蝶无声地悠然从阳光下飞过，又消失在令人昏昏欲睡的阴影里。玛奇得意地看着丈夫。

几分钟以后"狼"站起身。它的举动表明它已经下定决心，考虑成熟。它没有看男人和女人一眼。它的目光固定在那条小道上。它已经有了主意。他们明白了这一点。他们也明白，对他们来说，严峻的考验开始了。它一路小跑起来，玛奇撮起嘴唇，构成一条通道，准备按自己的意愿发出亲切的叫唤声。但是这呼唤之声终于没有发出。她情不自禁地看了看丈夫，看到他注视自己时的严厉面孔。撮起的嘴唇放松了。她无声地叹了一口气。

"狼"的小跑变成了飞奔。腾跃的步子越来越大。它一次也没有回头，那狼似的毛茸茸的尾巴笔直地撑在后面。它避开弯道，笔直插过去，转眼不见了。

大作家讲的小故事

赏析与品读

　　杰克·伦敦在小说《"棕狼"》里，描写了狗的忠诚特性。一对生活在温暖的加利福尼亚的诗人夫妇，善良而且生活得富有诗意，他们对一只貌似狼的狗感兴趣了，努力和它交上了朋友。怕狗跑掉，跟狗开了玩笑，挂上牌子，使它永远离不开加利福尼亚，只要一离开，就会有人把它邮寄回来。狗终于终止了向北的逃跑。然而有一天，来了个阿拉斯加的克朗代克人，他认出这条狗是他养的领头狗。这个北方人讲了，他那儿可能有挨饿，还有干不完的活，要领回狗去。诗人夫妇绝对不肯让这只狗去吃苦。但当诗人提出尊重狗的意愿，北方人也同意离开时，狗的选择是，追随老主人而去。

　　小说风格清新，暖意融融，却揪人肺腑，令读者时刻为狗的命运悬着心。但狗的选择是，不管有多少艰苦，仍坚定地跟随主人。

黄 金 谷

● 带着问题读一读,你会收获更多 ●

1. 看完全文后,描述一下主人公"他"的性格是什么样的?
2. 文章开篇的景色描写非常精彩,认真地大声地读一读吧。

大作家讲的小故事

这里是峡谷的腹地，一片碧绿。道道峭壁一到这里，一改僵硬死板的格局，峥嵘的面孔变得柔和，形成一片小小的洞天福地，洋溢着甜美、丰盈和温柔。这里一切都是那么宁谧。就连那奔腾而下的窄窄的小溪，也因为遽然流过相当长的一段平缓地带，而变成了一湾平静的溪水。一头毛色暗红、长着一对有许多枝丫的大角的公鹿，耷拉着脑袋，半闭着眼睛，站在没膝深的水里，昏昏欲睡。

水湾的一面，一块小小的草地从水边一直延伸到峭壁下，绿油油的一片生机，看上去充满凉意。水湾的那边，一道平缓的土坡迎着对面的峭壁一路上升。坡上长满细草，草间点缀着杂色小花，到处橘红、绛紫、鹅黄、色彩缤纷，相映成趣。下面，幽谷闭锁，山穷水复。

峡谷尽头，两边的峭壁突然合拢，乱石嶙峋，石上长满苔藓，前面有一道由藤蔓、爬山虎和树枝织成的绿色屏幕。峡谷上方，远山峰峦起伏，那长满松树的高大的山麓丘陵，显得那么遥远。再往远处看，只见天际耸立着像清真寺尖顶一样的银峰，看上去就像天边的白云。那是终年积雪的内华达山脉，在太阳照射下发出凛凛的光辉。

峡谷里一尘不染。树叶和花朵都那么纯真洁静。嫩草如茵。水湾上空有三株棉白杨，一团团雪白的飞絮在悠悠飘落。土坡上，那棵木质紫红的熊果树正开着花，使空气弥漫着春天的气息；它的叶子因为长期的经验，已开始明智地竖卷起来，准备应付即将到来的夏旱。在土坡上的空旷地带，熊果树最远的阴影投不到的地方，撒着点点蝴蝶百合花，活像一群群突然落下的五彩飞蛾，正颤动着，随时准备振翅飞起。偶尔可以见到浆果鹃这一林中丑角，它的树干可以在眼皮底下由豆绿变成茜红，大串大串的蜡白的铃状花向空中散发着芳香。这些白色花铃略带米色，形似幽谷百合，香气浓郁，渗透着春天的馨香。

没有一丝风。空气在浓郁的芬芳中变得倦怠。如果空气潮湿粘滞，这种芳香也许会浓得腻人。好在空气清爽稀薄，宛如星光化成了大气，被阳光照得暖融融的，浓烈的花香四溢。

不时有一只蝴蝶在一块块明暗相间的地方翩翩飞舞。四面八方响起山蜂催人入眠的低低的嗡嗡声。这些尽情吃喝的骄奢淫逸者在餐桌旁和和气气地挤挤攘攘，连粗暴地争吵几句都顾不上。溪水在峡谷里成了微波荡漾的涓涓细流，只间或发出轻微的潺潺水响。这水声如同喃喃吃语，一时沉睡而悄无声息，一时惊醒而水声又起。

在这峡谷的中心，一切动静都那么飘忽不定。阳光和蝴蝶在树林里飘进飘出。山蜂的嗡嗡和流水的潺潺若有若无。飘忽的声音和飘忽的色彩仿佛织成一张轻盈飘缈的网，此间的一切都笼罩在这种氛围之中。这是一种和平的氛围，它不意味着死亡，而意味着均匀悸动的生命，意味着平和但并不沉寂，运动而没有活动，意味着恬静中充满生机，但没有激烈争斗和艰辛痛苦。这里的氛围是一种生机盎然的宁静氛围，万物沉醉在欣欣向荣的安适和满足之中，从未受到关于远方战争传闻的惊扰。

那只毛色暗红、长着一对有许多枝丫的大角的公鹿中了魔似的受到当地这种气氛的感染，站在没膝深的阴凉的水湾里打起了盹儿。连苍蝇似乎都不来打扰它。它歇息得那么惬意，那么充满倦意。有时当小溪醒过来喃喃细语时，鹿的耳朵就一抖动；但那抖动也是懒洋洋的，因为它不看也知道，那不过是小溪发现它睡着了而在数落它。

不过有一次，公鹿突然一机灵，竖起耳朵，紧张地捕捉着不知来自何方的声音。它转过头来看着下面的峡谷，又翕动着灵

大作家讲的小故事

敏的鼻子嗅了嗅。它的眼睛看不透小溪缓缓流过去的那道绿色屏幕，但它的耳朵却听到了人的声音。那是一种四平八稳、节奏单调的声音。接着，公鹿听见金属撞击岩石的叮当声。它猛一惊，喷了个响鼻，从水里一蹦老高，跳到草地上，四个蹄子陷进绿茵般的嫩草里，又支棱着耳朵，嗅了嗅空气。然后它悄悄地穿过这片小小的草地，一边走一边不时停下侧耳倾听，终于像精灵一样，脚步轻盈、悄无声息地走出了峡谷。

这时传来了钉着铁掌的鞋底和岩石的碰击声，人的声音也更加响亮。那声音像是在唱一首什么歌谣，因为离得近而十分清晰，连歌词都听得出来：“回过头，转过脸，一片诚心对福山，（邪恶的势力你莫惧！）四下看，到处瞧，罪孽的包袱快抛掉。（你明儿一早会见我主！）”

随着歌声传来了豁拉拉的攀爬声，宁静的氛围紧随着毛色暗红的公鹿的逃逸而悄然消逝。绿色的屏幕忽然裂开，一个人探出头来看了看草地、水湾和那面斜斜的山坡。他看来是那种做事有板有眼的人。他先是大致扫了一眼那一带的景物，再回过头来仔细研究地貌特征，以便证实最初的印象。做完了这一切，也只有到这时，他才开口，用生动和庄重的语气啧啧称奇：

"我的个乖乖隆滴咚！你瞧瞧这块地方！有树，有水，有草，有坡！踹金窝人的福地，卡尤塞马①的天堂！绿茵凉爽，令人赏心悦目，倦意顿消！什么膏丹丸散都不在话下！整个儿一个淘金客的神仙府，驴儿马儿的安乐窝。真他妈的带劲！"

他是个肤色浅黄的人，脸上最突出的特点是和蔼和幽默。那张脸表情丰富，随着内心的思想情绪而迅速变化。从他脸上可

---

① 美国西部所产的一种小种马，为卡尤塞印第安人所驯养，故名。

以看出他的思想活动。各种思绪使他的面部表情变化无穷，就像飓风在湖面吹起狂澜。他头发稀疏、蓬乱，和皮肤一样也是黄不黄、白不白。乍一看，好像身上所有的明亮色彩都集中在那双眼睛上，使它们那么蓝得惊人。那眼睛还显得那么快活，那么充满笑意，充满儿童的天真和好奇；另一方面，又在无形之中隐隐透出一种来自经验和阅历的自信和坚定。

他先从藤蔓和爬山虎织成的屏幕后面丢出一套淘金的工具，包括一把矿工用的鹤嘴锄，一把铲子，一个淘金盘。接着他自己爬出来，来到空旷地。他穿一件黑布衬衫，系一条褪了色的工装裤，脚上是一双钉了平头钉的劳动靴，头上的帽子扁沓沓、脏兮兮，一看就知道它饱尝过风吹雨打，日晒烟熏。他笔直地站在那里，瞪大眼睛看着这神奇的景色，张大的鼻孔快活地震颤着，贪婪地呼吸着这幽谷花园的温馨气息。他情不自禁地大声说开了话，眼睛笑眯眯的，只剩下了一线蓝，脸上笑容可掬，连弯弯的嘴角都充满笑意。

"活泼的蒲公英，快活的蜀葵，好爽人的香气！什么玫瑰香精、科隆香水！相比之下，全都稀松平常！"

他习惯于自言自语。生动的面部表情能反映他思想情绪的每一个变化，那张嘴也总是不甘落后，而是自顾自地说出来，犹如鲍斯韦尔[①]再世。

那人在水湾边趴下，久久地、贪婪地喝着溪水。"甜丝丝的，真好喝。"他喃喃自语，一边抬起头，打量着水湾那边的山坡，还用手背擦了擦嘴。那面山坡引起了他的注意。他仍然俯卧在那儿，把小山的地形琢磨了很久。他用老练的目光，沿着山坡

[①] 詹姆士·鲍斯韦尔（James Boswell，1740—1795），苏格兰作家，著有《约翰逊传》、《科西嘉岛纪实》等。

大作家讲的小故事

往上看，直看到坍塌的谷壁，又由上而下看到水湾边。然后赶忙站起来，又把那面山坡上下打量了一遍。

"像块宝地。"他心里有了底，一边拾起鹤嘴锄、铲子和淘金盘。

他来到水湾下首，敏捷地踩着一块块石头跨过小溪。在山坡和溪水相接的地方他挖起一铲泥沙，放到淘金盘里。然后蹲下来，双手端起淘金盘，让溪水勉强漫过它。他熟练地团开了盘子，溪水流进盘子冲刷泥沙，再流出去。比重较轻的大砂粒自然地团到了水面，他灵巧地把盘子稍稍一倾，砂粒就从边上漂走了。有时，为了加快速度，他就把盘子放下，用手指把大石子和碎石块归拢抓出去。

盘子里的东西迅速减少，到后来只留下细泥和微小的砂砾。到了这一步，他一板一眼地淘得非常仔细。现在是细淘，他于是凭着眼力和手感，眼到手到，越淘越细。最后盘子里好像除了水已经空无一物；但他把盘子猛地一团，水从盘子的浅边漫出，流到溪里，盘底就现出了一层细细的黑砂。这层黑砂薄得像一道漆印。他仔细检查了一下，发现里面有一粒微小的金砂。他把盘子往下稍一按，放进一点点溪水。然后猛一晃荡，让水冲刷盘底，反复搅动黑砂。功夫不负有心人，又发现了一粒小小的金砂。

这时他已经淘得非常仔细——超过了一般淘金砂需要的仔细程度。他把黑砂一小份一小份地荡到盘子的浅边上，每一小份他都仔细检查。这样每一粒砂在漂出以前，都要经过他的眼。他小心翼翼地让黑砂一丁点一丁点地漂出去。到后来，盘子边上出现一粒金砂，只有针尖大小。他巧妙地用水一荡，金砂又回到盘底。他用这种办法，后来又发现了一粒，接着，又是一粒。对这几粒金砂他慎之又慎，像牧羊人赶拢羊群一样，把金砂归到一起，不让一粒丢失。最后，一盘泥沙全漂走了，盘子里只剩下那几粒归拢的金砂。他先数了数，然后用水一荡，把费了九牛二虎之力淘到的金砂也冲了出去。

他站起身，蓝眼睛闪闪发亮，充满着期望。"七粒。"他嘟哝了一声，说出了他费尽力气淘出，又随随便便扔掉的金砂的数目。"七粒。"他又念叨了一句，那郑重的语气，像是要把这个数目牢牢记住。

有好一会儿他一动不动站在那里，打量那面山坡。忽然他露出惊奇的目光，而且那么强烈，好像有了新的发现。他的举止透露出内心的惊喜，还有猎狗闻到猎物臭迹时的那种机警。

他向小溪下游走了几步，又铲了一盘泥沙。

于是又是细细地淘，又是小心翼翼地把金砂归拢，又是数一数金砂的数目，又是满不在乎地把金砂泼到溪里。

"五粒。"他嘟哝着。然后又重复一遍："五粒。"

他不禁又一次打量了一眼那座小山，这才再往小溪下游走几步，又弄了一盘泥沙。越往下游走，每次淘到的金砂越少。"四粒，三粒，两粒，两粒，一粒……"他一边沿着小溪往下游走，一边在心里念叨这一串数字。等到淘了半天只弄到一粒金砂时，他停下来，用干树枝生起一堆火。他把淘金盘放到火里烧，直到盘子烧成钢青色。他拿起盘子细细地看了一遍，这才满意地点了点头。在这样蓝青色的底子上，哪怕是针尖大的黄点也别想逃过他的眼睛。

他继续往小溪下游走，重新淘起来，只淘到一粒金砂。第三盘根本没有金砂。他还不放心，又每隔一呎只掘一铲土，一连淘了三盘。每一盘都没有金砂。这个事实不但没有令他灰心，似乎反而使他满意。淘的空盘越多，他越是心花怒放。到后来他站起

大作家讲的小故事

身，兴高采烈地嚷道：

"这要不是个金窝子，就让上帝用酸苹果敲掉我的脑壳！"

他回到最初淘过的地方，开始逆着溪流淘上去。起初，每一盘淘到的金砂增加了——大大增加了。"十四粒，十八粒，二十一粒，二十六粒……"他心里念着这一串数字。在水湾上首，紧靠水湾的地方，淘到了创纪录的一盘———一共三十五粒金砂。

"简直可以留下来了。"他一边让水把金砂冲走，一边有点惋惜地说。

太阳已经当顶，那人继续忙活着。他逆着小溪，一盘一盘淘上去，淘到的金砂数目逐步减少。

"金脉这样陡然没了，真了不得。"当后来一铲泥沙只淘出一粒金砂时，他抑制不住内心的喜悦说。

接着又淘了几盘，都没有找到一粒金砂。这时他才站直身子，满有把握地看了一眼那面山坡。

"哈哈！'金窝子'先生！"他大声喊道，仿佛上面山坡的地皮下面藏着个什么人，在听他讲话，"哈哈！'金窝子'先生！我来啦，我来啦！我非抓住你不可！你听见没有，'金窝子'先生？你是坛子里的乌龟，跑不了啦！"

他转过身，打量了一眼挂在晴朗无云的碧蓝天空中的太阳。然后沿着他刚才淘金时掘出的一线洞眼走下峡谷。他在水湾下首跨过小溪，消失在那道绿色的屏幕后面。这儿宁静闲适的氛围已一去不返，因为那人大声唱着爵士乐歌儿，歌声在峡谷里回荡。

过了一会儿，随着一阵比先前更响的钉铁掌的鞋子踏在岩石上的叮当声，他又回来了。那道绿色屏幕剧烈地晃动起来。它大幅度前后摆动，好像在拼命挣扎。传来一阵响亮而刺耳的金属摩擦和撞击声。那人突然提高了嗓子，声音又尖又厉。有一个身躯庞大的东西气喘吁吁像要冲出来。随着一阵树木、藤蔓折断绷裂的声音，一匹马从绿屏后一冲而出，带来一阵纷飞的落叶。那马驮着一个包袱，包袱上挂着断藤残葛。它忽然来到这样一处地方，惊奇得睁大了眼睛，然后低下头，高高兴兴地吃起草来。

这时又有一匹马冲了出来，先在长满苔藓的岩石上滑了一下，后来马蹄踩进松软的草地，这才站稳了身子。这匹马没有人骑，但是配了一副有高高鞍头的墨西哥式马鞍。这鞍子因为有了年头，已经斑痕累累，灰不溜秋。

最后出来的是那个人。他卸下包袱、鞍子，打算在那里安营扎寨，一边让两匹马自由自在去吃草。他又打开包袱，拿出长柄平底锅和咖啡壶。又拾了一抱干柴，用几块石头围出一个生火的地方。

"哎呀！"他说，"真把我饿坏了！简直连铁末子和钉马掌的钉子都能消化。老板娘，劳驾再给我来一碗。"

他直起腰，伸手到工装裤口袋里去掏火柴，目光又越过水湾，落到了那面山坡上。手指已经抓到火柴，但是又松开来，出来的仍是一只空手。他明显地举棋不定，看了一眼野炊的准备，又看了一眼那面山坡。

"看来还是再试它一下。"主意一定，他就向小溪对岸走去。

"我知道，这样做没有多大意义。"他自宽自慰地嘟哝着，"不过，看来晚个把钟头吃饭也没什么大事。"

他从第一次试淘取砂的那条线往坡上前进几呎，在那里开辟了第二条平行的试淘线。太阳慢慢西沉，影子变长了，但他仍不停地忙着。第二条试淘线一完，他又开辟第三条。他一路往山顶上淘，在山坡上留下一道道横线。在每一条线的中心取土的那一盘淘出的金砂最多。越往上，取土淘出了金砂的横线就越短。横

大作家讲的小故事

线的缩短很有规律，以此来推断，在坡上某个地方，最后一根横线会非常短，短得几乎没有长度可言，再上去就会集中到一点。整个格局逐渐看出是一个倒写的"V"字。这个倒"V"字交会的两条边划出了金砂分布的地带。

很明显，他要找的就是这个倒"V"字的顶点。他不时顺着这两条边向山上望去，想估计出它们在哪里交会，也就是说含金的砂土在哪里终止。那个地方就是"金窝子"先生的华宅——他亲热地管山坡上想象中的那一点叫"金窝子"先生，冲着它喊道：

"'金窝子'先生，你快出来！别扭扭捏捏了，快下来吧！"

"好吧！"他又用无可奈何的口气坚决地说。接着又威胁道："好吧，'金窝子'先生。看来我非得亲自上去，把你一把揪出来不行。你等着！你等着！"

他把每一盘泥砂端到水边去淘。越往上走，每一盘淘出的金砂越多。到后来他不再把金砂丢掉，而是把它们收集起来，放在信手塞进衣服下摆口袋里的、装发酵粉的空铁罐里。他全神贯注地忙着，没有注意到夜幕降临以前漫长的黄昏已经来到。直到后来没法看清盘子底上的金砂，他才意识到时候不早了。他猛地直起腰，露出恍然大悟、大吃一惊的神情，慢吞吞地说：

"我他妈的真浑，把吃饭忘得一干二净啦！"

他在夜色中跌跌撞撞地走过小溪，生起了那堆早就该生的火。晚饭吃的是煎饼、咸肉、热过的熟豆子。吃过饭，他就着余烬抽上一锅烟，一边听着各种夜籁，欣赏泻满峡谷的溶溶月色。抽完烟，才打开铺盖卷，脱下笨重的劳动靴，把毡子一直盖到下巴底下，睡了。月光照着他的脸，一片惨白，像死尸一样。不过这具死尸是能够还阳的。不信，你看他突然用一只胳膊肘支起身体，注视着对面自己已经盯上的那面山坡。

"晚安，'金窝子'先生。"他睡意蒙眬地喊道，"晚安。"

他一觉睡到天色灰蒙蒙的早晨，直到阳光照到闭着的双眼，才猛地醒过来。他朝四周看了看，终于运过神来，把自己目前的处境和过去的日子挂上了钩。

不必穿衣服，只要把鞋子穿上扣好就行。他看了一眼火塘，又看了一眼那面山坡，拿不定主意。后来还是克制自己，先把火生上。

"别那么着急，比尔。心急吃不得热馒头。"他提醒自己说，"那么匆匆忙忙干什么？何必急得火烧火燎？'金窝子'先生会等着你。你只管吃你的早饭，他不会跑掉的。比尔，你现在需要的是饭菜要添点花样。这可全靠你自己的本事啦。"

他在溪边砍了一根短棍子，从一个口袋里掏出一小截线和一只本来很精致但已经弄得脏兮兮的假蝇饵。

"这么一大早，它们说不定会咬食。"他头一次在水湾下钓时这样喃喃自语。不一会儿他就兴高采烈地叫开了："我怎么说来着，唉？我怎么说来着？"

他没有钓丝螺旋轮，放不了长线，也不打算浪费时间。完全靠蛮劲猛地从溪里拉出一条十时长的闪闪发亮的鳟鱼。接着他又一条接一条，一共钓起三条，都做了早饭。当他踩着小溪里的踏脚石，向山坡走去时，忽然想起了什么，停下了脚步。

"最好到小溪下游去转一转。"他说，"怕有个什么家伙在附近窥探也难说。"

不过他还是踏着石头走过了小溪，口里说了声"我的确应该去转一转"，就把小心谨慎抛到脑后，动手干起来。

傍晚时分，他才直起身子。腰背部因为长久地弯着干活而变得僵硬。他把手伸到背后去按摩酸痛的肌肉，一边说：

"他妈的，你瞧我干了什么？又把吃饭忘得一干二净！我要

大作家讲的小故事

再不当心，准会退化，变成一个一天只吃两顿的怪物。"

"再没有见过比掏金窝更要命的，非搞得你丢魂失魄不可。"当天晚上，他钻到毯子下面去睡时，这样自言自语。他也没有忘记对那面山坡大声说："晚安，'金窝子'先生！晚安！"

第二天，太阳一出，他就起来，匆匆吃了早饭，就趁早忙开了。他身上似乎感到一种躁动，而且愈来愈厉害，试淘发现的金子虽然越来越多，也无法平息这种躁动。他脸上泛出一片潮红，但并不是太阳晒的缘故。他不知疲倦，也忘了时间。每装满一盘泥沙，就跑下山坡去淘，一淘完又禁不住往山上跑，去再取一盘泥沙。一路上气喘吁吁，跌跌撞撞，骂骂咧咧。

他现在离水边已经有一百码左右，那个倒"V"字的范围也越来越明显。金砂分布地带的宽度不断缩小，他想象着"V"字的两条边向上延伸，在山坡高处的交会点。那是"V"字的顶点，是他寻找的目标，他淘了一盘又一盘，就是为了确定这一点的位置。

"就在那株熊果树上首大约两码，偏右一码的地方。"他得出了结论。

这时他再也按捺不住了。"已经是和尚脑壳上的虱子啦。"他说着，不再辛辛苦苦按部就班地沿着一条条横线取土淘下去，而是直接爬到两条斜边指向的交会点。他掘了一盘泥沙端到山下去淘。但是没有淘出一点金子。他在那个地方深掘浅挖，装了又淘，淘了又装，前后淘了十几盘，还是连一粒金屑也没有发现。他非常恼火，怪自己不该那么沉不住气，恨得把自己骂了个狗血淋头。骂完就走下去，重新按照横线一次次地取土淘起来。

"慢一点，稳当一点，比尔。慢一点。稳当一点。"他轻轻地说，"你这个人要想发财得慢慢来，到现在你该懂得这个道理了。接受教训，比尔，接受教训。你只能来慢的，来稳当的。还是这样干，干到底。"

横线越来越短，表明"V"字的两条边快要抄拢。与此同时，深度却增加了。金脉越埋越深。只有在离地面三十吋深的地方取土才能淘到金屑。在二十五吋和三十五吋深的地方取的土，都没有金子。在"V"字的底边，也就是靠溪边的地方，在草根深的地方就能淘到金屑。越往坡上走，金脉埋得越深。每取一盘试淘的土，就要掘一个三呎的洞，这活可不轻松，而在人和想象的顶点之间，还不知要掘多少这样的洞。

"唉，谁又说得上还会钻下去好深。"他一边歇口气，用指头按了按酸痛的背，一边感叹地说。

那人怀着强烈的欲望，不顾腰酸背痛、肌肉酸疼，挥锄抡铲，在那松软的褐色土地上又是掘又是铲，舍死拼命地一步一步往上爬。在他面前是一片繁花处处、香气四溢的平滑山坡，他后面却看了让人起鸡皮疙瘩。那光景就像山坡那光滑的皮肤上突然长出一身可怕的疹子。他进展很慢，像蜗牛爬，爬过的地方留下非常难看的痕迹，大煞风景。

虽然金脉埋得越来越深，他干起来也越来越费劲。但是因为每一盘淘的金砂越来越多，使他得到某种安慰。每盘淘出的金子所值的钱，两毛，三毛，五毛，六毛，就这样一路上去。傍晚时分淘的一盘简直抱了个金娃娃，居然在一铲泥土中淘出了一块钱的金子。

"我敢打赌，我的命不好，准会冒出个什么包打听之类的角色在我这桩买卖里插上一杠子。"当天晚上，他盖好毯子准备睡觉时嘟哝着这么说。

他忽然猛地坐起身。"比尔！"他失声大叫，"你听我说，比尔。你听见没有！明天一早你一定到附近去转一转，看一看。这全看你的了。明白吗？明天一早就去，千万别忘了。"

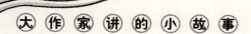

大作家讲的小故事

他打了个呵欠,瞧了一眼对面的山坡。"晚安,'金窝子'先生。"他大声说。

第二天早晨,他抢在了太阳前面。曙光初照时分,他已经吃完早饭,正从谷壁坍塌、可以落脚的地方往上攀登。爬到顶上眺望,只见四周一片荒凉。极目所至,一道道起伏的山脉尽收眼底。他往东望去,目光越过相距遥远的无数重山脉,最后看到峰顶雪白的内华达山的主峰,那西部世界的摩天脊背。往南北方向看,可以更清楚地看到那些东西走向的山脉,打破了茫茫无际的崇山峻岭南北走向的总格局。往西看,但见一道道山脉依次向外低下去,渐渐变成平缓的山麓丘陵,最后塌陷下去,构成大谷地,就看不见了。

在这一片辽阔大地上,他看不到任何人,也看不到任何人工的痕迹——唯一的例外是他脚下那面百孔千疮的山坡。那人仔细地看了很久。有一回,他往谷地瞧去时,仿佛看见下面很远的地方飘着一缕轻烟。他又看了一遍,才弄清那不过是山上的紫色岚气,被后面谷壁上一处回旋盘曲的地方遮暗造成的错觉。

"嘿,你,'金窝子'先生!"他对着下面的峡谷喊道,"快从地下钻出来吧!我来了,'金窝子'先生!我来了!"

他穿着笨重的劳动靴,因而步子显得笨拙。但他从使人头晕的高度大摇大摆地下来,却像山羊一样轻盈。他踩松了悬崖边上一块石头,但他一点也不慌张。他似乎准确地知道松动的石头可以维持多久不会出事。与此同时他借助踏虚的这一脚稍一点地,使自己跨到安全的地面。在坡面太陡、身子保持一秒钟的平衡都不可能的地方,他也毫不踟蹰。相反,他的脚在笔陡的坡面上略一点,自己顺势向前一纵。有些根本无法下脚的地方,他就靠抓住一块突出的岩石,或者抠着一条石缝,要不就揪住一兜根扎得不牢的矮树,手一

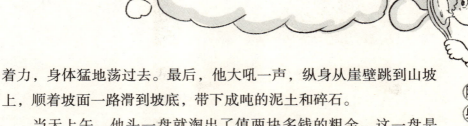

着力，身体猛地荡过去。最后，他大吼一声，纵身从崖壁跳到山坡上，顺着坡面一路滑到坡底，带下成吨的泥土和碎石。

当天上午，他头一盘就淘出了值两块多钱的粗金。这一盘是从"V"的中心取的土。从这一点向两边淘去，淘出的金砂一盘盘陡然递减。山坡上取土的那一排洞穴横跨的距离已经很短。倒写的"V"字两条斜边之间相隔已只有几码，它们的交会点就在他上面几码远的地方。但是金脉离地表却越来越深。到下午一两点钟的时候，取土试淘的洞已经挖到五呎深，这样才能发现金苗。

说是金苗，其实已经相当可观，简直可以算是一个砂金矿。因此他打算找到金窝之后，再回过头来淘这块地。每一盘淘出的金子越来越多，他开始为此伤脑筋。到下午四五点钟的时候，每盘淘出的金子已经多到值三四块钱。他不知所措地抓了抓脑袋，瞧了瞧山坡上面离他几呎远的那株熊果树，也就是"V"的顶点大致所在的地方。他点了点头，像未卜先知地说：

"只有两种可能，比尔，只有两种可能。要么'金窝子'先生的家当已经流散在这座山里，要么它就是富得流油，让你根本没法把它的家当全部带走。要真是那样可糟透了。你说是不是？"他想象着这种叫人为难但令人高兴的情景，不禁嘿嘿笑了。

傍晚到了，他还勉强凭借着愈来愈暗的光线，在溪边淘着一盘价值五块钱金子的砂土。

"要是有电，能挑灯夜战该多好。"他说。

当天晚上他老睡不着。他一再让自己平静下来，闭上眼睛，想慢慢入睡，但是强烈的欲望使他极度兴奋，每次都是睁开眼睛，疲惫不堪地嘟哝着："要是现在太阳出来了就好啦。"

最后他好不容易睡着了。但是星星才开始隐去，他就睁开了眼睛。天刚蒙蒙亮，他已经吃完早饭，上了山坡，向"金窝子"

大作家讲的小故事

先生隐居的处所走去。

他在取土的头一道横线上只挖了三个洞，因为金脉分布的范围已经变得很窄，四天来一直在寻找的矿源，如今已近在咫尺。

"不要慌，比尔，不要慌。"他提醒自己说。这时他终于来到"V"字两条边的交会点，已经动手在挖最后一个洞。

"你已经在我的手心里了，'金窝子'先生，溜不掉啦。"他一边往下挖，一边不停地念叨着。

四呎，五呎，六呎，他越挖越深。现在挖起来更费劲了。鹤嘴锄老挖到碎石块上。他仔细看了看那石块。"风化石英石。"他作出结论，就把洞底的松土铲干净。他挥动鹤嘴锄去挖这松脆的石英石，那风化的岩石一点点地裂开来。

他动手去铲那堆松散的碎石头。忽然一道黄光在眼前一闪。他把铲子一扔，蹲下身去。他双手抓起一块风化石英石，把上面的泥土擦掉，就像一个农民揩掉刚挖出的土豆上沾的泥土一样。

"我的青天大老爷！"他嚷道，"完全是一坨坨的金子！完全是一坨坨的金子！"

他手里捧着的那一块只有一半是岩石，另一半是地地道道的纯金。他把它扔到淘金盘里，又拿起一块看。从外面看不到什么黄的，但他用有劲的指头一捏，风化的石英就掉了，满手都是黄澄澄的金子。

他捡起一块又一块石头，擦掉上面的泥土，再把石头丢进盘里。这简直是一个宝库。石英风化得很厉害，附在金子上面的石英还没有金子多。偶尔还发现一块矿石，上面几乎没有附着一点石头——整个一块纯金。有一块金矿石，他一锄从中挖开，只见里面一片金光闪闪，像无数黄宝石一样。他歪着脑袋，把矿石慢慢转动，欣赏着它那闪烁的夺目光辉。

"'黄金万两'矿有什么好吹的!"他不以为然地哼了一声。

"嗨,和这个矿一比,一钱不值!这个矿不折不扣是个金窝子。天哪,我干脆现在就给它取个名,叫做'黄金谷'!"

他继续蹲着,一块一块地仔细察看那些矿石,把它们丢到盘里。猛然间他预感到某种危险。似乎有一片阴影遮住了他。可是一看又没有影子。他的心好像窜到了嗓子眼里,使他感到呼吸困难。接着他感到全身的血慢慢变冷,只觉得汗湿了的衬衫贴在肉上凉飕飕的。

他没有一跳而起,也没有四下张望,还是一动不动地蹲着。他紧张地思考着这种预感是怎么回事,想搞清这种使他忽然警觉的神秘力量来自何方,凭借感觉竭力要弄明白这个使他感到威胁,近在眼前而又看不见的东西是什么。我们有时会意识到一种不祥的气氛,但是传递这种气氛的媒介太微妙,人的五官没法感觉。他眼下就意识到这种气氛,可是又说不出所以然。他只有一种太阳被一片阴云遮住的感觉。仿佛在他和生命之间掠过一个什么阴暗东西,使他感到压抑和恐惧,犹如一个阴影,它将吞噬生命,带来死亡——他本人的死亡。

他全身感到一种冲动,想跳起来去迎战这种看不见的危险,但是理智抑制了恐慌,他还是蹲在那儿,手里捧着一块金子。他不敢四下张望,但他明白现在有个什么东西,就俯在他身后的洞口。他假装对手里的金块全神贯注。他又是用鉴别的眼光仔细打量它,又是把它翻过来翻过去,又是擦擦上面的泥土。但他一刻也没有忘记背后有个什么东西,正从他肩头看着他手里那块金子。

他一边继续装作鉴赏手里的金块,一边凝神细听,终于听见了身后那个东西的呼吸声。他的目光扫视了一下地上,想找一件什么

大作家讲的小故事

武器，但只看到挖松了的金块。这些东西在他目前的困境中对他毫无用处。当然，还有一把鹤嘴锄，有时这倒是一件很顺手的武器，可现在却派不上用场。他意识到自己进退两难。他是困在一个七呎深的窄窄的洞里。他的头没法伸到地面。他完全被捆住了手脚。

这人还是蹲着没动。他镇定自若，一边想着各种对策，但想来想去仍然一筹莫展。他只好继续把一块块石英擦掉泥土，往盘里扔。除此之外他无事可做。然而他知道自己迟早得站起来，去面对在他背后呼吸的危险东西。时间一分分地过去，每过去一分钟，他意识到就少一分钟，到时他要么挺身而出，要么（一想到这里，那贴身的汗湿的衬衫使他身上一阵发冷）就弯着腰守着自己的金子，坐以待毙。

可他仍然蹲着，一边擦着金块上的泥土，一边紧张地思考着以什么方式站起。他可以猛地蹿起，爬出洞穴，站在平地上和对手决斗，不管对手是什么。他也可以不慌不忙、漫不经心地站起，假装无意之中发现在他背后呼吸的那个什么东西。他的本能和全身每一个勇武的细胞都赞成那种冲上地面的莽撞办法，但他的理智和天生的狡诈却主张不慌不忙、小心谨慎地站起，去面对他目前看不见的威胁。

他正紧张地思考着，忽然耳边响起一声震耳的爆裂声。与此同时，背的左边挨了重重的一击，打中的地方皮肉一阵火烧火燎的疼痛。他一蹦而起，但还没有完全站直就倒下了。他的身体像一片被突然烧蔫的叶子蜷缩起来。他摔倒下来，胸口压在那盘金子上面，脸挨着泥土和石块，两条腿则因为洞底地方太窄而乱七八糟绞在一起。他的腿不由自主地抽动了好几次。身体像害了重疟疾一样抖个不停。胸部慢慢地扩张，随之而来的是一声深深的叹息。然后他缓缓地、徐徐地吐气，身体也同样慢慢地一挺，躺在地下不动了。

洞口上面，一个手持左轮手枪的人正往洞里瞧。他久久地看着下面那个趴着一动不动的身体。过了一会儿，这个不速之客在洞口坐下来，监视洞里的动静，一边把手枪搁在膝头。他把手伸进口袋，掏出一小片棕色的纸，在纸上搁一点烟末。这样卷起来，把两头往里一塞，就成了一支又粗又短的棕色烟卷。自始至终他的眼睛没有一刻离开躺在洞底的那个躯体。他点上烟，有滋有味地深深吸了一口。他抽得很慢。抽着抽着烟熄了，他又把它点燃。这段时间里他一直在琢磨着下面那个躯体。

最后他把烟一扔，站起身，走到洞边。他右手仍握着枪，双手撑在洞口两边，靠着臂力把身体慢慢放下去。等到脚离洞底还有一码的时候，他手一松，身子就跌了下去。

他的脚一挨地，只见那个踹金窝的人猛一伸臂，他顿时感到两条腿被揪住猛地一拉，人就摔倒了。本来在这样往下跳的时候，那只抓着枪的手自然是举在头顶的。但是他的腿一被抱住，他就飞快地把枪拿下来。当他的身体还在空中，正在往下掉的时候，他就扣动了扳机。由于洞穴狭窄，枪声震耳欲聋。洞里硝烟弥漫，使他什么也看不见。他仰面摔到洞底，那个踹金窝的人立刻像猫一样一纵，全身压到了他身上。就在踹金窝人的身体压上来的瞬间，不速之客弯起右臂想开枪。说时迟，那时快，采金人用胳膊肘猛一撞他的手腕。这一撞，枪口往上一翘，子弹就噗的一声打进了洞壁的泥土里。

紧接着不速之客感觉到采金人的手扭住了他的手腕。两人开始争夺手枪。各自都想扭过枪指向对方。洞里的硝烟快要消散，仰面躺着的不速之客慢慢能看清一点了。就在这时，采金人突然照他的眼睛撒了一把土，他眼前又变成一片黑暗。他猝不及防，

大作家讲的小故事

抓枪的手一松。他还没有明白过来，就觉得脑子轰的一声变成一团漆黑，而后在无边的黑暗中，连一团漆黑的感觉也消失了。

踹金窝的人还不罢手，连连开枪，把子弹打光了才罢休。然后他把枪一扔，喘着粗气在被打死的人的腿上坐下来。

采金人抽泣着，一边喘个不停。"好一个贼骨头！"他上气不接下气地骂道，"偷偷跟在后面，让我先把金子挖出来，再从背后给我一枪！"

他因为委屈和极度疲倦，几乎要哭出来。他瞧了瞧那个被打死的人的脸。上面沾满泥土砂石，很难看清面孔。

"这个家伙很面生。"采金人仔细辨认了一番之后说，"是个出来打野食的，操他妈！可他心狠手辣，从背后打了我一枪！从背后打了我一枪！"

他解开衬衫，摸了摸左胸和左背。

"打了个对穿，好在没有伤筋动骨！"他高兴地嚷道，"我敢肯定他本来瞄得很准，非常准，但是扣扳机的时候枪动了一下——这个狗日的！反正我把他收拾了！哼，我把他收拾了！"

他用手指摸了摸肋下的子弹洞，脸上露出一丝惋惜。"这伤一动就会疼得要命。"他说，"现在全靠我自己，得包好伤口，赶紧离开这个地方。"

他爬出洞口，回到山下的宿营地。半个钟头以后他回来了，还牵来了那匹驮行李的马。他的衬衣敞开着，露出了里面包扎伤口的因陋就简的绷带。虽然他左手动起来很慢，很不灵便，但是他仍然能用上那只胳膊。

被打死的人腋下有吊背包的绳子圈，采金人抓着它，把死人从洞里拖出来。然后他就去洞里挖金子。他一干就是好几个小时，在干的过程中时时得停下来，让那边越来越疼的肩膀歇一会

儿。同时他总是大声说：

"这个贼骨头，从背后给我一枪！从背后给我一枪！"等到金子差不多都挖出来，分别用毯子捆成几个包之后，他估计了一下它的价值。

"要是没有四百磅，我就是个猪脑壳。"他心里有了底，"石英和泥土就算有两百磅——也还有两百磅金子。比尔，快醒醒！两百磅金子！值四万块钱啊！这都是你的——都是你的！"

他满心欢喜地抓了抓头皮，忽然无意之中摸到了头皮上的一条槽。他顺着这条槽摸过去，发现有好几吋长。原来是第二粒子弹擦过头皮留下的一道印。

他怒气冲冲地走到死人跟前。

"想下毒手，是吗？"他气势汹汹地说，"想打死我对吗？不管怎样，我已经把你收拾得干净利落，我现在还要把你埋得熨熨帖帖。要是换了你，你可不会对我那么好。"

他把那具尸体拖到洞口，推了下去。尸体呼的一声掉到洞底，侧身着地，脸被扭过来，对着洞口漏下的光。采金人朝下面瞧了一下那张脸。

他连掘带铲，用泥土把洞填满。然后把金子驮到马背上。金子太重，马吃不消，因此一到宿营地，就分出一部分驮到备有鞍子的坐骑上。即使这样，他也不得不扔掉一部分装备——包括鹤嘴锄、铲子、淘金盘、多余的食品、炊具，还有一些零零星星的东西。

他赶着两匹马，重新去穿越那道由藤蔓和爬山虎织成的绿色屏障。这时太阳已经当顶。为了爬上一块块巨石，两匹牲口常常得直立起来，在纠结于一起的树丛里乱冲乱撞。有一回那匹备了鞍的坐骑重重地摔倒了，那人只得卸下它驮上的包袱，使它站起。

大作家讲的小故事

等它重新上了路，他又转过身从树叶中探出头来，再看了一眼那面山坡。

这时响起了一阵撕扯藤蔓、折断树枝的声音。树丛前后摇摆，说明那两匹马正从中间穿过。随后传来马掌踏在石头上的嘚嘚声响，偶尔还传来一声咒骂和尖厉的吆喝。那人又扯开喉咙唱起来："回过头，转过脸，一片诚心对福山。（邪恶的势力你莫惧！）四下看，到处瞧，罪孽的包袱快抛掉。（你明儿一早会见我主！）"

歌声渐渐远去，终于沉寂，这儿又恢复了原来的氛围。小溪又一如既往，时而沉沉睡去，时而喃喃呓语；山峰的嗡嗡声又响起来，令人昏昏欲睡。香气浓郁的空中，棉白杨雪白的飞絮纷纷飘落。蝴蝶在树丛中翩翩起舞，阳光普照，一片静谧。只有草地上的马蹄印和那面千疮百孔的山坡留作见证，说明人和马曾经在这里折腾过一阵子，打破过这儿的宁静，而后又悄然离去。

赏析与品读

这是一个寂寞的题材，杰克·伦敦却写得很热闹：淘金人的勇猛豁达，他自己对自己说话，歌唱对生活的期望……他还买回了马和工具用品，让这个金窝子充满生气。而有淘金者，就有带枪的抢劫者，大家获取财富的方式并不一样。好在淘金者沉着冷静，诱使抢劫者掉下洞来，最终杀死了抢劫者。

小说通篇没有人的对话，始终只有一个淘金者的自言自语，他喋喋不休的话语中是那个时代的财富愿望。只有马蹄印和千疮百孔的山坡，恐怕还有尸骨在作证，财富和罪恶相伴而行。

夜袭蚝帮

● 带着问题读一读，你会收获更多 ●

1. 主人公及其同伴尼古拉为什么要租用一条破旧的小船？
2. 为了帮助蚝场老板抓到蚝贼，小说主人公赢得蚝贼的信任，打入蚝贼内部，凭借的仅仅是勇气吗？想想看，还有什么？

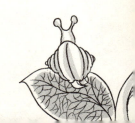

大作家讲的小故事

我们在其手下混过事的所有渔事巡警中，尼尔·帕丁顿是最够交情的，对于这一点，我想查理·勒·格兰特和我的意见可谓不谋而合。尼尔为人正直，胆子又大。我们在他手下工作，他虽然要求绝对服从，但与此同时我们之间的关系又随和亲密。他还对我们很放手，使我们受宠若惊。下面这个故事就可以证明。

尼尔一家住在奥克兰，那是在下旧金山湾，与旧金山仅一水之隔，距离只有六哩。一天，他正在佩德罗岬那些捕虾的中国人中间私访，忽然得到消息，说妻子病得很厉害。一小时不到，"驯鹿"号就起航，乘着一股强劲的西北风向奥克兰稳稳地疾驶而去。我们驶进奥克兰湾，抛了锚，在以后的好多天里，尼尔离船上了岸，我们就在"驯鹿"号上整理索具，检查压舱物，刮光舱板，把那艘单桅帆船拾掇得焕然一新。

这些事一做完，我们的时间又没法打发了。尼尔妻子的病情很严重，看来尼尔得待上一个星期，因为随时可能出现危险。查理和我无所事事，只好到各个码头去游荡，在奥克兰市码头碰上了那帮劫蚝船。那些船大都齐齐整整、漂漂亮亮。它们都是特造的，既驶得快，又不怕风雨。我们在码头外沿的粗方木上坐下来打量他们。

"我看捞得不少。"查理指着那些按大小分成三起堆在甲板上的蚝说。

小贩纷纷把车倒到码头的边沿进货。从正在进行的各种讨价还价中我弄清了那些蚝出手是什么价。

"那条船上的货起码卖两百美元。"我说出了自己的估价，"不知道那一船货花了多少时间？"

"三四天吧。"查理回答说，"对两个人来说收入不算少——每人每天赚二十五美元。"

我们说的那条船叫"幽灵"号，它就停在我们的脚下。只有两个船员。其中一个是宽肩膀的矮胖子，手臂长得出奇，活像猩猩。另一个个子高挑，身材匀称，一双明亮的蓝眼睛，一头又黑又直的头发。这头发和眼睛的搭配很不寻常，引人注意，查理和我不知不觉多停留了一会。

　　我们幸好多待了一会。一个上了年纪的矮胖子走了过来。他的穿着和举止像一个买卖红火的生意人。这人来到我们旁边，往下面"幽灵号"的甲板上看。他怒容满面，越看越怒气冲冲。

　　"那些是我的蚝。"他终于开了口，"我知道是我的蚝。你们昨晚闯进了我的蚝场，把它们偷来了。"

　　"幽灵"号上一高一矮两个人抬起头往上看。

　　"嘿，塔夫脱。"矮子态度轻侮、流里流气地打招呼（他因为胳膊长，在湾里讨生活的人中有个"百足虫"的诨名）。"嘿，塔夫脱。"他又叫开了，还是一种大不敬的口气，"你在咕哝什么？"

　　"那些是我的蚝——我说的就是这个。你们是从我的蚝场偷来的。"

　　"你忒高明，对吗？""百足虫"讥笑说，"觉得你的蚝不管在哪里你都认得出？"

　　"要我说嘛，据我的经验，"高个子插了嘴，"蚝到哪里都是蚝，全世界的蚝都是一个样。我们不想和你斗嘴，塔夫脱先生，我们只希望你不要含沙射影，说这些蚝是你的，我们都是小偷和强盗，除非你有证据。"

　　"我知道蚝是我的，我用我的命打赌！"塔夫脱哼着鼻子说。

　　"拿出证据来。"高个子提出非难。后来我们才知道大家管

大作家讲的小故事

他叫"海豚",因为他游水本领特别高强。

塔夫脱先生无可奈何地耸耸肩。他不管自己多么有把握,当然没法证明蚝是他的。

"我要出五千美元把你们都送进班房。"他大声说,"我要出五十美元一个把你们抓起来定罪,一个不漏!"

从那些船上爆发出一阵轰然大笑,原来其他的蚝贼一直在听他们的对话。

"卖蚝的钱比你出的钱多。""海豚"阴阳怪气地说。

塔夫脱气急败坏地一转身走了。查理用眼睛一瞟,注意到他去的方向。过了几分钟,等到塔夫脱拐过一个弯不见了,查理这才懒洋洋地起身。我也站起来,我们于是不紧不慢地朝和塔夫脱先生相反的方向走去。

"来!赶快!"我们一走到那些蚝船看不到的地方,查理就低声说。

我们马上改变路线,左弯右拐,快步穿过一条又一条僻静的小街,不久塔夫脱先生那魁梧的身影赫然出现在前面。"我打算会会他,问一问赏金的事。"我们一边快步跟上那个蚝场主,查理一边解释说,"尼尔会在这里耽搁一个星期,你我不如在这段时间里找点事干干。你说怎么样?"

"没说的,没说的。"查理一做完自我介绍并说明来意,塔夫脱就连忙说,"那些贼每年让我损失成千上万美元,我巴不得把这伙人收拾了,花多少钱都行——对,先生,花多少钱都行。我说话算数,抓一个给五十美元,我还要说合算。他们洗劫我的蚝场,扯掉我竖的牌子,恐吓我请的看守人,去年还杀死一个。就是拿不出证据,都是在夜里摸黑干的,我手里只有一个被杀死的看守人,但没有证据。侦探也束手无策。谁都拿那一伙人没有法子。我们没有抓到他们一个。所以我说，噢——刚才你说你叫什么来着？"

"勒·格兰特。"查理回答说。

"所以我说，勒·格兰特先生，对你主动提出帮忙，我衷心感激。而且我高兴、非常高兴在各方面和你们合作。我的守望人和船只都听你调遣。到旧金山我的办事处来见我，什么时候都行。或者给我打电话，电话费我来付。不要怕花钱。你的开销，不管是什么开销，只要合理，都由我包下。情况正在变得不可收拾，一定得想个法子。我倒要看看蚝场的主人是我还是那伙无赖。"

"现在我们得去见见尼尔。"查理说。他已经在去旧金山的火车上见过了塔夫脱。

尼尔·帕丁顿不但没有阻拦我们的冒险活动，后来还给我们帮了大忙。查理和我对捕蚝业一窍不通，而尼尔的脑袋却是一部有关捕蚝业情况的百科全书。而且，不到个把钟头，他就给我们叫来一个对劫蚝行当了如指掌的希腊血统的小伙子。

话说到这里，我最好说明一下，我们这些干渔事巡查的多多少少算是临时职业。尼尔·帕丁顿是个正儿八经的巡警，有一份正式工资，查理和我因为只是副手，挣多挣少要靠自己——也就是从被定了罪的偷渔者所处罚款中提成一部分。另外，凡别人给我们的赏金也归我们自己得。我们主动提出和帕丁顿分享塔夫脱先生给我们的酬金，但他不要。他说我们为他做了那么多事，他能给我们帮上一次忙非常高兴。

我们在行动前做了长时间的筹划，确定了下面的行动方针。我们的面孔在下旧金山湾区是陌生的，但是"驯鹿"号作为一条渔事巡查船却尽人皆知。因此那个名叫尼古拉的希腊血统的小伙子和我得驾驶一条外表不引起怀疑的船去芦笋岛，混到那些劫蚝船

大作家讲的小故事

中间。到了那里,根据尼古拉对蚝场和洗劫方式的描述,我们就可能把蚝贼当场拿获,并且把他们控制在手里。查理应该留在岸上,和塔夫脱先生的守望人还有一队警察一起,以便到时策应。

"我知道有这么一条船。"在商量结束的时候尼尔说,"一条破破烂烂的单桅小帆船,如今正停在梯布仑。你和尼古拉坐渡船过去,花一两个钱就可以租下来,驾着它笔直去蚝场。"

"小伙子,祝你们好运。"两天以后尼尔向我们告别时说,"记住,他们是亡命之徒,你们要多加小心。"

尼古拉和我没花几个钱就租到了那条单桅小帆船。我们嘻嘻哈哈地升帆,一边异口同声地说这船比人家描述的还要破烂,还要旧。那是一条方形船尾的大平底船,装有单桅帆船索具,桅杆断裂,索具松垮,船帆破旧,动索朽败,操纵不便,掉头不灵。而且船的四周乃至从房舱顶到中插板都涂上了柏油,恶臭难闻。这还不够,还要在船的两侧漆上"黑小妞"号几个白色大字,占了整个船身的长度。

从梯布仑驶往芦笋岛,一路平安无事,样子却很狼狈。第二天下午我们到达芦笋岛。那帮蚝贼的十余条船已停泊在那里,大家管那个地方叫"废蚝场"。"黑小妞"号乘着一阵轻风哗啦啦水花四溅地驶进那些劫蚝船中间,蚝贼们都挤到甲板上来看我们。尼古拉和我与那条破船已经融为一体,笨手笨脚活像两只旱鸭子。

"那是啥玩意?"有人大声问。

"你说得上就归你。"另一个人大声说。

"我敢打赌,这要不是那艘老祖宗方舟才怪呢!""百足虫"在"幽灵"号的甲板上阴阳怪气地说。

"嘿,哟嗬,好像快船!"又一个人大声打趣说。"你们去哪个港口?"

我们对他们的取笑装聋作哑，只管像生手一样忙活着，好像操纵"黑小姐"号需要全神贯注。我调过船头，把船不偏不倚驶到"幽灵"号的上风，尼古拉忙跑上前抛下锚。随便什么人一看都觉得那活干得蹩脚透顶，锚链乱七八糟缠在一起，锚根本沉不了底。任什么人一看都觉得尼古拉和我急得要命，七手八脚只想把锚链松开。不管怎样，我们起码把那帮蚝贼骗过了，他们看到我们的狼狈相，乐不可支。

锚链还是缠得死死的，于是在一片七嘴八舌的假装出主意的挖苦声中，我们的船失去控制，漂流而下，一头撞上了"幽灵"号。"幽灵"号的船首斜桁不偏不斜把我们的主帆戳穿，撕开了一个如同谷仓门一样的大洞。"百足虫"和"海豚"在房舱顶上笑得浑身颤抖，腰都直不起来。他们让我们自己费尽九牛二虎之力去解锚链，不再管我们。我们像旱鸭子一样手忙脚乱，总算脱了身，锚链也松开来，一下子放下去大约有三百呎。我们的船底下面只有十呎深的水，这一来，"黑小姐"号就能够在一个直径三百呎的范围内任意转悠，在这个范围内它能撞上那些劫蚝船当中的一半。

天气很好，劫蚝船紧紧挨着停泊在那里，吃水很浅。他们看见我们放下那么长一段没有用的锚链，大声骂我们蠢。他们不光骂我们，还要我们把锚链起上来，只留下三十呎在水里。

尼古拉和我笨手笨脚的整个样子给他们留下了足够的印象，我们这才下到舱里互相庆幸，并做晚饭。刚吃完饭，洗完碗碟，一只小艇擦着"黑小姐"号的船帮停下来，接着甲板上响起沉重的脚步声，"百足虫"那凶恶的面孔出现在升降口。他走下楼梯，来到舱里，"海豚"跟在后面。他们还来不及在铺位上坐下，又一只小艇靠上了船侧，接着又是一只，又是一只。到后来

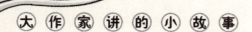

大作家讲的小故事

舱里全挤满了劫蚝船上的人，每条船上的都有。

"这条老爷船你们是从哪里顺手牵羊搞来的？"一个身上的毛又长又密的矮胖子问。他眼露凶光、长相像墨西哥人

"不是顺手牵羊搞来的。"尼古拉针锋相对，说话的口气却有意让人怀疑"黑小妞"号是偷来的，"就算是的，又怎么样？"

"唔，没别的，只不过你们的眼光太短浅，实在不敢恭维。"长相像墨西哥人的那个人讥笑道，"我宁可老死在岸上也不要这么一条捆住自己手脚的破船。"

"没有摆弄之前怎么知道是这么条破船？"尼古拉说。他那一脸认真的神气引起一阵哄堂大笑。"不弄条船又怎么能弄到蚝？"他赶紧加上一句，"我们要弄上一船蚝。就是冲这个来的，就是为了弄一船蚝。"

"你们弄蚝干什么？""海豚"问。

"噢，当然是分给朋友。"尼古拉脱口而出，"我想你们弄蚝也是为了这个吧。"

来的那些人越来越和气，我们看出他们丝毫没有怀疑我们的真实身份和意图。

"那天在奥克兰码头我是不是见过你？""百足虫"冷不丁问我一句。

"是的。"我硬着头皮回答，"我当时看着你，心里就捉摸着我们是不是也去弄蚝。我掂量这是一宗好买卖，于是就干上了。当然，"我连忙补上一句，"还要各位关照。"

"我只说一句话，再不多说。"他回答说，"那就是你们拼上老命也要去弄条好点的船。我们不能让这个破玩意儿把大伙的脸丢尽，明白吗？"

"没问题。"我说,"等我们卖蚝得到一点钱,就去弄一套好行头。"

"只要你们把自己收拾好,像个人样,"他继续说,"你们就可以和我们一起出海。否则,"(这时他的语气变得冷酷、可怕起来),"哼,你就会倒血霉。明白吗?"

"好说。"我回答。

其他人也发出一些类似的警告,提了一些类似的建议。后来就是一般的交谈。从谈话中我们了解到当晚就要去洗劫蚝场。那些人待了一个钟头。当他们登上各自的小艇准备离开时,他们邀请我们一起参加洗劫,还对我们说:"人越多越过瘾。"

"你注意到那个像墨西哥人的矮子吗?"等他们离开登上各自的小船后,尼古拉说,"他叫巴奇,属'逍遥帮'。和他同来的那个叫斯基令。这两个都是以五千美元保释金保释在外。"

我早就听说过'逍遥帮',那是一伙在下奥克兰地区横行霸道的流氓和罪犯,其中三分之二蹲过州监狱,犯的罪行从作伪证到往票箱投假票,到行凶杀人,无所不有。

"他们不是正儿八经的蚝贼。"尼古拉又说,"他们下海是凑热闹,顺便弄几个钱。不过对这些人我们得提防着点。"

我们坐在船尾休息室,商量我们计划的一些细节,直到11点以后。这时忽然从"幽灵"号方向传来小艇吱呀吱呀的划桨声。我们把自己的小艇掉过头,往上丢几只麻袋,划了过去。我们发现所有的小艇都集合在那里,打算合伙儿去劫蚝场。

这时我吃了一惊,因为我发现刚才抛锚十呎深的地方现在水深不到一呎。那天正赶上6月15日的大落潮。由于潮水还要落一个半小时,我知道在平潮到来以前我们的锚地将露出水面。

塔夫脱先生的蚝场有三哩远,我们跟在别的船后面不声不响地

大作家讲的小故事

划了好一段时间。船不时搁浅,桨也经常碰到海底。我们终于来到一片软泥上面,那里水深只有两吋——船根本浮不起。那帮蚝贼飞快地下了船,推的推,拉的拉,使那些平底小船缓缓前进。

一轮满月被高飞的云朵遮蔽了一部分,但蚝贼们因长期操作,干来仍得心应手。我们的船经过半哩宽的泥滩,来到一条深水道,就沿着水道划起来。两边高耸起一堆堆被晒干的死蚝。终于来到捡蚝场。在一堆死蚝上站着两个人,他们大声对我们喊,要我们离开。我们置之不理,由"百足虫"、"海豚"、巴奇、斯基令领头,其他的人紧跟上,至少三十个人。乘上十五六条船,一直划到两个看守人的跟前。

"你们最好偷偷滚蛋。"巴奇用威胁的口气说,"要不就要把你们打得像个筛子,让你们在泥浆里都浮不起来。"

两个看守知道寡不敌众,知趣地后退,划着船沿着水道向海岸的方向撤去。本来,按计划他们也是要后撤的。

我们把船头靠在一片大沙洲朝海岸的一面,所有的人拿着麻袋散开拾起来。月亮不时从云彩稀薄处露出,把一个个肥大的蚝照得一清二楚。麻袋一会儿就装满了,背到船上,再从船上拿一些空麻袋。我和尼古拉一小袋一小袋地往船那儿背,走的趟数多,心里很着急。但每次在那儿总碰到个把蚝贼,不是去就是回。

"不要紧。"尼古拉说,"别着急。他们会越捡越远,往船上背的时间会很长。到那时他们就会把装满的麻袋竖在那里,等潮水一涨,小艇能够划过去时,再把麻袋弄走。"

过了整整半个钟头,涨潮已经开始,这时发生了下面的事。我们丢下正在忙活的蚝贼,偷偷回到他们的船那儿。我们悄悄地用桨把船一条一条地撑开,把它们乱七八糟地搅在一起。我们正要把最后一只小艇,也就是我们自己的小艇撑开时,被一个蚝贼撞上了。那个人是巴奇。他很快扫了一眼，明白了是怎么回事，就向我们扑过来。我们猛一撑船脱了身，让他在没顶的水里挣扎。他一爬上沙洲，就扯开喉咙发出警报。

我们拼命地划呀划，但因为拖了这许多条船，前进得很慢。这时沙洲上传来啪的一声手枪响，接着第二响，第三响，到后来简直像炒豆子一样。子弹在我们四周乒乒乓乓地响。好在厚厚的云彩遮住了月亮，在朦胧之中开枪实际上毫无目标。要想打中我们得靠运气。

"要是有条小汽艇就好了。"我气喘吁吁地说。

"但愿月亮不要出来。"尼古拉也上气不接下气

行进是缓慢的，但是每划一桨我们离沙洲就远一点，离岸就近一点。后来枪声沉寂了。等月亮出来时，我们已走出很远，脱离了危险。不久，从海岸方向传来一声吆喝。我们响应一声，就见三条渔事船，每条船由三对桨划着，直朝我们窜来。查理满脸高兴俯看着我们，他紧紧抓住我们的手，大声嚷道："哦，棒小伙！棒小伙，两个棒小伙！"

那三条船靠上以后，由查理掌舵，尼古拉、我，还有一个看守人一同划着其中的一条出海，另外两条船跟在后面。月色明朗，我们清楚地看见蚝贼们被困在孤零零的沙洲上。我们划近时，他们用左轮手枪噼里啪啦地开了火．我们连忙退出火力范围。

"有的是时间。"查理说，"潮水涨得很快，等水淹到他们的脖子，他们的火气就没了。"

于是大家歇下桨，只等潮水来施展威力。蚝贼们现在进退两难：由于当晚的大落潮，涨潮此时像磨坊水车动力水流一样汹涌而至，要想逆流游上三哩到那些单桅帆船停泊的地方，哪怕是世界上水性最好的人也望尘莫及。另一方面，我们又堵在蚝贼们和

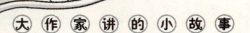

大作家讲的小故事

海岸之间,往这个方向逃跑也不可能。而涨潮又在迅速地淹没那一片片沙洲,只要几个钟头,他们就会遭到灭顶之灾。

风平浪静,气候宜人,在明晃晃的月光下,我们用夜视望远镜去看他们,一边向查理讲"黑小妞"号出航的情况。午夜一点钟到了,然后是两点。蚝贼们在一片最高的沙洲上聚成一团,水已经没过腰部。

"你瞧,这就是想象力的好处。"查理说,"塔夫脱好多年来都想抓他们,他用上牛劲,却老是扑空。而如今我们动了动脑子……"

在这当儿我隐约听见一声咕噜噜的水响。我举起手让大家别出声,转过身来,指着一处一圈一圈慢慢扩展开来的水纹。那里离我们不超过五十呎。我们静悄悄地等待着。过了一分钟,六呎开外的地方水面突然分开,月光下出现了一个人黑糊糊的脑袋和白白的肩膀。那人吃了一惊,喷了一下鼻子,噗的一声吐了口气,然后黑脑袋和白肩膀又沉了下去。

我们往前划了几下,然后让船随波逐流。四双眼睛搜索着水面,但是再没有出现过一个涟漪,也再没有见过一眼那黑脑袋和白肩膀。

"是'海豚'。"尼古拉说,"我们要想抓到他,必须是大白天才行。"

到三点差一刻的时候,蚝贼们看来有点挺不住了。我们听到有人大声呼救,那声音一听就知道是"百足虫"。我们划拢去。这次没有人向我们开枪。"百足虫"的确身陷困境,危在旦夕。只有他的贼友还顶着水流勉强支撑着,头和肩膀还露出水面。他自己已经双脚离地,被他们举着。

"好了,伙计们。"查理轻松地说,"我们把你们逮住了,你们要是来蛮的,我们只好丢下你们,让潮水来把你们收拾。要是你们乖乖的,我们就把你们救上船,一次上一个,大家就会得救。你们看怎么样?"

"听你的。"他们一边冷得牙齿直颤,一边嘶哑着喉咙异口同声。

"那就一个一个来,矮个子先上。"

第一个被拉上船的是"百足虫",他老老实实地上了船,但是不让警察给他戴手铐。第二个被拖上来的是巴奇。他已经被水泡得服服帖帖、规规矩矩。我们的船一装满十个,就倒出去,第二条船又去装,第三条船只装了九个——这一网一共捞了二十九个。

"你们没有抓到'海豚'。""百足虫"得意忘形地说,仿佛"海豚"漏网使我们的成功大打折扣。

查理哈哈大笑:"不管怎样,我们还是看见他了,一路喷着鼻子往岸边挣扎,活像一头呼哧呼哧的猪。"

我们押着这群蚝贼走过海滩,向守蚝所走去。那些人一个个蔫头蔫脑,哆哆嗦嗦。查理一敲门,门忽地开了,一股宜人的暖气迎面扑来。

"伙计们,你们在这里把衣服烤干一下,再喝点热咖啡。"当他们鱼贯而入时,查理大声说。

屋里已经有一个人垂头丧气地坐在火边,手里端着一个热气腾腾的大把杯。这个人就是"海豚"。尼古拉和我不约而同地望着查理开心地笑了。

"这多亏了想象力。"他说,"看一件事得从各个方面去看,要不就是白搭。我看到海滩,就留下两个警察守在那里。就这么回事。"

大作家讲的小故事

赏析与品读

  这篇小说来源于杰克·伦敦的真实经历。杰克·伦敦一生经历丰富，为了谋生，从事过各种各样的职业。十几岁时他曾经只身驾驶小船穿过暴风雨中的旧金山湾，在一个偶然的机会，结识了一帮蚝贼，便加入了他们的行列。在海上冒险的偷盗岁月中，杰克·伦敦很幸运地赚得大笔钱财，却遭到了海盗们的嫉妒。他的船被一把火烧沉在海水中。后来，他脱离蚝贼队伍，加入渔事巡警队的行列，追捕那些在海上非法偷盗的投机分子。在他看来，海上巡警工作也是一种冒险，这为他以后的海洋文学创作积累了生动的素材。

  后来，杰克·伦敦在杂志上连续发表了一系列有关渔事巡警的短篇小说。这篇《夜袭蚝帮》，他以第一人称叙述了主人公租用一条破破烂烂的小帆船，斗智斗勇，将那些残暴凶狠的蚝贼一网打尽的故事，篇幅短小而情节曲折生动，受到人们的好评。

基希的传说

● 带着问题读一读，你会收获更多 ●

1. 基希是用什么办法猎到熊的？
2. 从基希的身上，你学到了什么？对你的学习和生活有什么启示？

大作家讲的小故事

很久很久以前,在北极海的海边上,住着一个叫基希的人。他当村里的头人当了好多年,那些年里村子兴旺发达,所以他死的时候风光体面,众口皆碑。他生活的时代太早,只有老人记得他的名字,还有他那桩奇闻。这桩奇闻他们从以前的老人那里听来,以后的老人还会把它传给自己的孩子,那些孩子又把它传给自己的孩子,如此下去,以至无穷。在黑夜的冬季,当狂暴的北风扫过千里浮冰,空中飞满雪花,谁也不敢出门的时候,正好讲基希的故事,说他如何从全村最贫寒的雪屋里出身,后来如何权大位尊,驾临众人之上。

据说他是个聪明的孩子,长得身强力壮。按照他们计算时间的方法,他见过了十六个太阳。每年冬天太阳离开,把大地抛在黑暗之中。第二年一个新的太阳又回来,使人间重新暖和,人们能看见彼此的面孔。基希的父亲先前是个非常勇敢的人,但是在一次饥荒中,他为了救族人的命,杀了一头大北极熊,自己却因此丧生。他一心只想把熊杀死,和它面对面扭到了一起,自己落了个粉身碎骨。不过那头熊膘肥肉壮,他的族人得救了。基希是独子,那以后只有他和母亲一起过日子。族人健忘,他们忘了他父亲的善行。因为他不过是个孩子,他母亲不过是个女人,所以他们也很快被人忘记。没过多久,他们住的雪屋就是所有的雪屋中最简陋的了。

一天晚上,大伙在酋长克洛希-克万的大雪屋里议事。就是这时,基希表现了自己身上的刚强血性和宁折不弯的男子汉气概。他带着长者般的威严站起身,等待喊喊喳喳的说话声平静下来。

"不错,我和我家里是分了肉。"他说,"可是那肉常常是又老又硬。这还不算,肉里还总是带有好多骨头。"

那些猎手,不管是头发灰白的长者,还是身强力壮的青年,一个个都惊呆了。这种事以前从来没有过。一个小孩居然用大人的口气说话,而且当面严厉地指责他们。

基希还是不慌不忙、严肃认真地继续往下说:"因为我知道我父亲勃克是个了不起的猎手,我才说这些话。据说勃克一个人猎回的肉比随便哪两个最好的猎手猎回的肉都要多,说那些肉他总是亲手分,他要亲自做到不管是最微不足道的老太婆,还是最低贱的老头子,人人都得到公平合理的一份。"

"不行!不行!"男人们嚷起来,"快把那孩子弄出去!""打发他去睡觉!""他小小年纪,竟敢教训大人和老头子!"

他平静地等待着,直到吵吵闹闹的声音平息下来。

"乌格-格鲁克,你有老婆。"他说,"你为你老婆说话。你,马苏克,除了老婆,还有老娘,你为她们说话。我的娘除了我,没有谁替她说话,因此我要为她说话。我说了,尽管勃克打猎太性急丢了命,但是只要部落里有饱肉吃,我作为他的儿子,还有我的母亲,也就是他的老婆依基加,就应该有饱肉吃,这样才公道。我基希,勃克的儿子,说完了。"

他坐下来,尖着耳朵听自己这番话引起的一阵猛烈的表示不满和愤怒的叫喊。

"一个孩子竟敢在议事会上说话!"老乌格-格鲁克嘟嘟哝哝地说。

"难道我们大人还要乳臭未干的娃娃来告诉我们该怎么做吗?"马苏克大声问道,"我是个男子汉,难道我该让每个吵着要肉吃的孩子来笑话我吗?"

大家怒气冲天。他们严厉地吩咐他去睡觉,威胁说一点肉也不分给他,还扬言要狠狠揍他,教训他不得这样无理。基希的眼睛顿时闪出怒火,血涌上来,全身胀得一片黑红。在一片谩骂声中他一蹦而起。

"你们这些大人,都听着!"他大声说道,"我再也不到议事会

大作家讲的小故事

上说话了,再也不说了,除非那些大人来找我,对我说:'基希,你来说话有益处,你说话有益处,我们要你说。'你们这些大人把下面的话当做我最后留下的话吧。我的父亲勃克是个了不起的猎手。我是他的儿子,也要出去自己打猎谋生。大伙都记住,我打到的肉会分得公平合理。不会有一个寡妇、一个弱者因为没有肉吃夜晚饿得哭,而身强力壮的人因为吃得太多撑得痛苦地叫唤。将来对那些吃得太多的身强力壮的人大伙会觉得可耻。我基希就说这些!"

他向雪屋外面走去时,响起了一片嘲弄和轻蔑的笑声。但是他下巴一沉,目不斜视地走了。

第二天,他顺着冰块和陆地相接的海岸线出发了。看见他的人注意到他带着弓,还有一大把骨箭头的箭,肩上扛着他父亲用过的打猎用的长矛。这件事引起了一阵哄笑和许多议论。这是一件从未有过的事。从来没有像他这样稚嫩的少年出门打猎的,更不用说是独自出门了。许多人还摇着头,喃喃地说这事凶多吉少。女人们同情地看着依基加,依基加的脸色又阴沉又凄然。

"他很快就会回来的。"她们想宽她的心。

"让他去好了,他会接受一次教训。"猎手们说,"他不久就会回来,从此以后他就会变得乖乖的,说话的口气也会平和了。"

一天过去了,又一天过去了。第三天刮起了大风,可还是不见基希的影子。依基加撕扯着自己的头发,还把海豹油的油烟涂到脸上,表示无比悲伤;女人们痛骂那些男人,怪他们亏待了孩子,把他逼上了绝路;男人们一言不发,只等风暴小一点,就出发去寻他的尸首。

料想不到的是,第四天清早基希大踏步进了村。他脸上毫无愧色。他肩上扛着一块刚猎获的肉。他走路昂首挺胸,说话也趾高气扬。

"你们这些大人，快赶上狗拉爬犁，顺着我的脚印去走上大半天的路。"他说，"在那里的冰上放着好多的肉——一头母熊，还有两只半大的熊仔。"

依基加欢喜若狂，但是基希像大人一样，对母亲的激动表现得很冷静，只是说："好啦，依基加，我们弄吃的吧。吃完了我要睡觉，我累坏了。"

他走进自己的雪屋，饱饱地吃了一顿，然后一觉睡了二十个钟头。

起初大家都莫名其妙，不但莫名其妙，而且议论纷纷。去杀死一头北极熊是危险的，杀死一头带着幼崽的母熊就更加危险，险上加险。男人们简直无法相信基希这个少年独自一人居然干出了这样惊天动地的事。但是女人们指着他背回来的刚猎获的肉，这一点对他们的怀疑是一个有力的驳斥。于是他们终于上了路，一边咕咕哝哝地说这事就算是真的，他也一定稀里糊涂地没有把死熊卸成几大块。原来在大北方，每当打到一头野兽，就要立即把它砍开。要不，那肉就会冻得邦邦硬，最快的刀砍起来也会卷口。一头冻得硬邦邦的三百磅重的熊，要想搬上爬犁，拖过高低不平的冰面，可不是件容易的事。可是他们来到那里一看，不但看到了他们原来不相信会有的死熊，而且发现基希已经很在行地把每头熊一卸四块，还掏出了内脏。

基希于是成了一个谜。日子一天天过去，这个谜越来越令人费解。紧接着的一次出门，他杀死一头差不多长大了的幼熊，下一次又杀死一公一母两头熊。通常他每回出去三四天，但是一连在冰天雪地里呆上个把星期也很平常。每次出门打猎他都不让人同去，大伙心里直纳闷。"他是怎么个打法？"他们互相问着，"从来没有见过他带过一条狗，而狗又是了不起的好帮手。"

大作家讲的小故事

"你干吗只打熊？"一次克洛希-克万鼓起勇气问他。

基希回答得很巧妙。"谁都知道熊身上的肉多。"他说。

不过村里也有人议论他是用了巫术。"他打猎有邪魔相助。"有的人坚持说，"所以他打到的野兽多。除了是邪魔相助，还能是什么？"

"这些相助的，它们说不定不是邪魔，是福神呢。"又有人这样说，"大家都知道他父亲是个头等猎手。他打猎时，他父亲难道不会保佑他，使他身手不凡，坚韧不拔，聪明过人吗？谁敢打包票？"

总而言之，他还是回回不空手，那些本事不大的猎手就把他打得的肉拖回来，忙得不亦乐乎。他分起肉来不偏不倚。他像从前他父亲做的那样，不管最微不足道的老太婆，还是最低贱的老头子，都必定得到公平合理的一份。他自己也只留下吃的，从不多占。就因为这，也因为他打猎出色，大家对他另眼相看，甚至肃然起敬，还商量等老克洛希-克万一死，就推举他当酋长。因为他的所作所为，大家都指望他重新参加议事会。但是他一次也不来，他们也不好意思去叫。

"我打算给自己盖座雪屋。"一天他对克洛希-克万和一些猎手说，"这屋子要盖得大，我母亲和我好舒舒服服住在里面。"

"好。"他们严肃地点点头。

"可是我没有工夫。我的活是打猎，这要花去我所有的时间。因此村里凡吃了我猎回的肉的男人和女人，都应该给我盖房子，这样才公道。"

于是照他说的盖起了雪屋，盖得宽敞大方，比克洛希-克万的屋子还强。基希和母亲搬进去住。自从勃克去世以后，她头一回享上了福。她享福不光是不愁吃穿住，而且因为她有个了不起的儿子，儿子使她有了身价，大伙开始把她看做全村最受尊敬的女人。女人们常常去看她，请教她，每当她们之间或者和男人发生争执，她们就引用她的至理名言。

但是所有的人脑子里的主要谜团是基希令人吃惊的打猎本事。于是有一天乌格-格鲁克当面指责他用了巫术。

"我们指控你。"乌格-格鲁克阴沉沉地说，"你和邪魔来往，所以你打到的野兽多。"

"难道我猎的肉不好？"基希反驳说，"村里有哪个吃了肉病倒了？你怎么知道这里面有巫术？是不是因为你心里嫉妒得要命，你才暗地里这样瞎猜？"

乌格-格鲁克被呛得哑口无言，败下阵来，悻悻而去。女人们哈哈大笑。但是在一天晚上的议事会上，经过好久的商议，大家决定在他出去打猎时，派出密探跟踪他，搞清楚他用的是什么法子。于是他下一次出门时，两个小伙子、两个最机灵的猎手——毕姆和波姆被派出去跟踪，还要留心不让他看见。五天以后两人回来报告亲眼目睹的一切。他俩眼睛瞪得大大的，舌头也不利索了。于是马上在克洛希-克万的屋里召开议事会，毕姆就从头说开了。

"各位父老兄弟！奉你们的命令，我们巧妙地跟上基希，神不知鬼不觉。第一天过了一半的时候，他就碰上了一头大公熊。那可真是一头特大的熊。"

"再没有比那只更大的了。"波姆支持他的说法，自己还继续往下说，"那头熊无心恋战，转过身，在冰上慢慢地走开了。我们躲在岸边的乱石堆后面看着，只见那头熊向我们走来，基希非常勇敢地跟在后面。""他在后面冲着熊破口大骂，还拼命挥舞着两只胳膊闹嚷嚷叫个不停。熊于是发了怒，两只前腿腾空而起，咆哮起来基希笔直朝熊走去。"

"是的。"毕姆接过话茬继续说，"基希笔直向熊走去。熊

大作家讲的小故事

来追,基希就跑。他一边跑,一边把一个丸子丢到冰上。熊停下来闻闻丸子,然后一口把它吞下去。基希还是一边跑一边丢丸子,熊就不断地把丸子吞下去。"

大家你一言我一语嚷开了,纷纷表示疑惑。乌格-格鲁克开说他不相信。

"这是我们亲眼所见。"毕姆肯定地说。

波姆也说:"对,是亲眼所见。人和熊就这样一个跑一个追,后来熊忽然用后腿直立起来,发出痛苦的叫声,两只前脚拼命地乱舞。基希继续逃跑,一直跑到安全的地方才停下。熊根本没理睬他,因为它肚子里那些丸子使它遭了大罪,它已经顾不上别的。"

"对,已经顾不上别的。"毕姆插了话,"它拼命在自己身上又撕又扯,在冰上到处乱窜,像一只在闹着玩的小狗。不过一听它的咆哮和又长又尖的叫声,就知道它不是在闹着玩,而是疼得难受。我从来没有见过那种场面。"

"对,从来没见过那种场面。"波姆又接过话茬,"而且又是一头如此之大的熊。"

"用了巫术。"乌格-格鲁克自作聪明地说。

"我不知道。"波姆回答说,"我只能说我亲眼看到的事情。过了一会儿,熊就倒了威,累垮了。因为它很笨重,这样凶猛无比地乱蹦乱跳耗尽了力气。它于是顺着海岸,从冰上走了,一边走,一边慢慢地摆着头,每隔一会儿就坐下来,发出又长又尖的叫声。基希跟在熊的后面,我们就跟在基希的后面,跟完了那一天,又连着跟了三天。那头熊越来越衰弱,自始至终疼得直叫。"

"是施了魔法!"乌格-格鲁克惊叫道,"一定是施了魔法!"

"完全可能。"

毕姆又接过波姆的话:"那头熊到处乱走,一时往这边,一时往那边，一时往前走，一时倒回来，还兜着圈子，一次次横过它自己走过的路线。这样，最后它又来到了基希最初碰到它的那个地方的附近。到这时它已经半死不活，再也拖不动了。基希就走上前去，用长矛把它捅死。"

"后来呢？"克洛希-克万问道。

"后来基希去剥熊皮，我们就走了，赶紧跑回来报告打到了猎物的消息。"

当天下午女人们把熊肉拖回来，男人们就坐下来开议事会。基希回来的时候，有人来传口信，要他到议事会去。可他回信说他又饿又累，还说他的雪屋又大又舒服，坐得下好多人。

男人们受到强烈的好奇心驱使，于是由克洛希-克万领头，全体成员起了身，向基希的雪屋走去。基希正在吃饭，不过他还是恭恭敬敬接待了大家，并且按尊卑安排他们就座。依基加一下子感到光彩，一下子又感到尴尬，基希却镇定自若。

克洛希-克万重复了毕姆和波姆报告的情况，最后用严厉的口气说："哦，基希，你得说清楚你打猎用的是什么法子。这里面有巫术吗？"

基希抬起眼来，微微一笑："哦，克洛希-克万，没有这种事。一个少年是不晓得什么巫术的。对巫术我一无所知。我不过想出了一种办法，用它来杀死冰熊毫不费事，如此而已。这是智术，不是巫术。"

"谁都办得到吗？"

"谁都办得到。"

一阵长时间的沉默。男人们面面相觑，基希只顾吃他的饭。

"那么……那么……那么你愿意告诉我们吗，基希？"克洛希-克万终于用颤抖的声音问道。

大作家讲的小故事

"愿意，我愿意告诉你们。"基希吮吸完了一块髓骨，站起身。

"这很简单。你瞧！"

他拿起一小片薄薄的鲸骨给他们看。骨片的两端像针尖一样锋利。他小心地把骨片弯起来，抓在手里看不见了。然后猛一松开，骨片又弹直了。他又拿起一块鲸脂。

"瞧。"他说，"拿一块鲸油，就这样，这样，把中间掏空。然后把卷得紧紧的鲸骨放进去，就这样，再用一块鲸油把鲸骨封起来。完了就把它放到外面冻成一个丸子。熊吞下丸子，鲸油一化，两头尖尖的鲸骨片就弹直，熊就遭了殃。等到熊遭罪遭够了，嗨，你就用长矛把它捅死。再简单不过了。"

于是乌格–格鲁克"哦"了一声，克洛希–克万"啊"了一声。每个人以各自的方式惊叫起来，大家一下子全都明白了。

这就是基希的传说。他很久很久以前住在北极海的海边上。因为他靠的是智术而不是巫术，他从最寒酸的雪屋里出身，当上了全村的头人。据说在他活着的那些年里，他的部落兴旺发达，没有一个寡妇、一个弱者因为没有吃的而在夜里饿得大声哭泣。

赏析与品读

杰克·伦敦在这篇小说中塑造了一个智勇双全的少年英雄形象。与杰克·伦敦其他的北方小说中的主人公一样，基希坚毅、勇敢、充满智慧，他以非凡的毅力为生存而斗争，善于克服障碍，努力达到既定的目标。杰克·伦敦善于让人物处于艰难的逆境，让环境折磨、考验人物，从而凸现人物在斗争中的人格的伟大和刚强。

这个故事命名为"传说"，充满着北极地带严寒大自然的浪漫色彩，也都很好地表现了人的意志、力量和美德。